小学生成长必读系列

让小学生学会与人沟通的 100个故事

总 主 编：滕 刚

本册主编：刘 玲

九州出版社 JIUZHOUPRESS | 全国百佳图书出版单位

图书在版编目（CIP）数据

让小学生学会与人沟通的 100 个故事/刘玲主编.–北京：
九州出版社，2008.2(2021.7 重印)

（"读·品·悟"小学生成长必读系列/滕刚主编）
ISBN 978-7-80195-755-9

Ⅰ.让⋯　Ⅱ.刘⋯　Ⅲ.故事—作品集—世界　Ⅳ. I14

中国版本图书馆 CIP 数据核字（2008）第 015608 号

让小学生学会与人沟通的 100 个故事

作　　者　刘　玲　主编
出版发行　九州出版社
地　　址　北京市西城区阜外大街甲 35 号（100037）
发行电话　(010)68992190/3/5/6
网　　址　www.jiuzhoupress.com
电子信箱　jiuzhou@jiuzhoupress.com
印　　刷　北京一鑫印务有限责任公司
开　　本　710 毫米 × 1000 毫米　16 开
印　　张　10.5
字　　数　168 千字
版　　次　2008 年 2 月第 1 版
印　　次　2021 年 7 月第 9 次印刷
书　　号　ISBN 978-7-80195-755-9
定　　价　29.80 元

目录

第一辑　沟通，从心开始

　　一把坚实的大锁挂在大门上，一根铁杆费了九牛二虎之力，还是无法将它撬开。钥匙来了，它瘦小的身子钻进锁孔，只轻轻一转，大锁就"啪"的一声打开了。铁杆奇怪地问："为什么我费了那么大力气也打不开，而你却轻而易举就把它打开了呢？"钥匙说："因为我最了解它的心。"

　　每个人的心，都像上了锁的大门，任你用再粗的铁棒也撬不开。唯有把自己变成一把细腻的钥匙，进入别人的心中，你才能沟通两颗仿佛相隔千里的冷漠的心灵。

让小学生学会与人沟通的100个故事·目录

第二辑 没有人能孤独地活着

美国有位心理学家，请了几个学生做过这样的实验：只要他们各自单独在一个备有各种美味佳肴，但不能看到听到任何东西的与世隔绝的房间住满4天，就能得到一笔可观的酬劳。但实验不到两天，学生就都拼命敲打墙壁，要求"重见天日"。重返"人世"后，这些人各个神情呆滞、表情麻木、动作迟钝，过了很长一段时间才恢复过来。

这个实验给了我们一个启示：没有人能孤独地活着，沟通像空气一样重要，我们一刻也不能缺少。

第三辑 宽容与真诚，沟通的必修课

宽容是人际关系的润滑剂，多一点宽容，多一点关爱，多给别人改错的机会，就会减少很多人与人之间的摩擦与冲突。

真诚是融化人与人之间冰山的阳光，真诚地敞开你的心灵，真诚地关怀别人，心与心之间就会越来越靠近。宽容与真诚，是沟通的必修课，这堂必修课你及格了吗？

第四辑　倾听是沟通的关键

曾经有个小国的人来到中国,带来三个一模一样的金人说要进贡,但前提要皇帝回答:"这三个金人哪个最有价值?"皇帝想了许多办法,请来珠宝匠称重量、看做工,都没有发现差别。正在皇帝为难时,睿智的宰相,拿着三根稻草,插入第一个金人的耳朵里,这稻草从另一边耳朵出来了;第二个金人的稻草从嘴巴里直接掉出来;而第三个金人,稻草进去后掉进了肚子,什么响动也没有。宰相说:"第三个金人最有价值!"使者默默无语,答案正确。

最有价值的人,不一定是最能说的人。老天给我们两只耳朵一个嘴巴,本来就是让我们多听少说的。善于倾听,是沟通的第一前提。

让小学生学会与人沟通的100个故事·目录

目录

第五辑　沟通中的赞赏效应

"钢铁大王"卡耐基,在 1921 年付出 100 万美元的超高年薪聘请一位执行长夏布。许多记者访问卡耐基时问:"为什么是他?"卡耐基说:"因为他最会赞美别人,这也是他最值钱的本事。"甚至,卡耐基为自己写的墓志铭是这样的——这里躺着一个人,他懂得如何让比他聪明的人更开心。

赞美不仅能让人感到愉悦和鼓舞,还会令被赞美者对赞美者产生亲切感,使相互间的沟通氛围更和谐、更融洽。

让小学生学会与人沟通的 100 个故事·目录

第六辑　礼貌使沟通更平滑

目　录

　　一个老外想学中文，他想知道什么中文词语最重要，他的中文老师说："只要你学会'请'、'谢谢'、'对不起'这三个词语，你到中国哪个地方都不怕。"礼貌，使人们的气质变得温和，使他敬重别人，和别人合得来。礼貌可能是人类文明史上最伟大的发明，它可以帮我们解决很多很多的问题，它就像只气垫，里面什么也没有，却能奇妙地减少人与人沟通中的颠簸。

第七辑　应该懂得的沟通技巧

　　为什么是杨利伟而不是其他人成为我国航天第一人，航天局的领导透露了这样一个细节：在最终确定的三人为首飞候选人之时，三人各方面都十分出色，难分高下，但杨利伟沟通技巧好，口头表达能力强，说话有条理，有分寸，更能面对媒体和公众，所以选择了他。沟通，有时决定命运。

　　沟通是一种技巧，要想更好地沟通，就得培养自己的亲和力，学习迅速与陌生人建立信赖感的方法，创造

让小学生学会与人沟通的100个故事·目录

性地训练肢体动作和语气,懂得非言语的沟通,在"看不见的地方"下工夫。

第八辑　亲子沟通,不应该是无言的

为什么有时孩子的心事宁愿和朋友或者老师分享都不愿意和家长分享?为什么家长有时会抱怨自己为孩子付出那么多,孩子却丝毫没有觉察?有人说,世界上最遥远的距离不是生与死,而是我站在你面前,你却不知道我爱你。

或许我们不是不懂得爱,而是不懂得怎样去表达爱。父母与子女亲密无间的沟通,更多的是一种态度,而不是技巧。主动说出自己的感受,相互理解,相互包容,在沟通中你会发现包围在你身边的爱。

让小学生学会与人沟通的100个故事·目录

沟通,从心开始

让小学生学会与人沟通的 100 个故事

　　一把坚实的大锁挂在大门上,一根铁杆费了九牛二虎之力,还是无法将它撬开。钥匙来了,它瘦小的身子钻进锁孔,只轻轻一转,大锁就"啪"的一声打开了。铁杆奇怪地问:"为什么我费了那么大力气也打不开,而你却轻而易举就把它打开了呢?"钥匙说:"因为我最了解它的心。"

　　每个人的心,都像上了锁的大门,任你用再粗的铁棒也撬不开。唯有把自己变成一把细腻的钥匙,进入别人的心中,你才能沟通两颗仿佛相隔千里的冷漠的心灵。

公共汽车里的说笑声

　　一张报纸，挡住了大家的视线，筑起了防备的心墙。其实只要我们轻轻的一声问候，就可以打开彼此的心门。

　　威甘德登上了南行的 121 号公共汽车。凭窗而望，芝加哥的冬日景色实在是一无是处——树木光秃，融雪处处，汽车溅泼着污水泥浆前进。

　　公共汽车在风景区林肯公署里行驶了几公里，可是谁都没有朝窗外看。乘客们穿着厚厚的衣服在车上挤在一起，全都被单调的引擎声和车厢里闷热的空气弄得昏昏欲睡。

　　谁都没做声。这是在芝加哥搭车上班的不成文规定之一。虽然威甘德每天碰到的大都是这些人，但大家都宁愿躲在自己的报纸后面。此举所象征的意义非常明显：彼此在利用几张薄薄的报纸来保持距离。

　　公共汽车驶近密歇根大道一排闪闪发光的摩天大厦时，一个声音突然响起："注意！注意！"报纸哗哗作响，人人伸长了脖子。

　　"我是你们的司机。"

　　车厢内鸦雀无声，人人都瞧着那司机的后脑勺，他的声音很威严。

　　"你们全都把报纸放下。"

报纸慢慢地放了下来,司机在等着。乘客们把报纸折好,放在大腿上。

"现在,转过头去面对坐在你旁边的那个人。转啊。"

令人惊奇的是,乘客们全都这样做了。但是,仍然没有一个人露出笑容。他们只是盲目地服从。

威甘德面对着一个年龄较大的妇人。她的头被红围巾包得紧紧的,他几乎每天都看见她。他们四目相对,目不转睛地等候司机的下一个命令。

"现在跟着我说……"那是一道用军队教官的语气喊出的命令,"早安,朋友!"

他们的声音很轻,很不自然。对其中许多人来说,这是今天第一次开口说话。可是,他们像小学生那样,齐声对身旁的陌生人说了这四个字。

威甘德情不自禁地微微一笑,完全不由自主。他们松了一口气,知道不是被绑架或抢劫;而且,他们还隐约地意识到,以往他们怕难为情,连普通礼貌也不讲,现在这腼腆之情一扫而光。他们把要说的话说了,彼此间的界限消除了。"早安,朋友。"说起来一点儿也不困难。有些人随着又说了一遍,也有些人握手为礼,许多人都大笑起来。

司机没有再说什么,他已无需多说。没有一个人再拿起报纸,车厢里一片谈话声,你一言我一语,热闹得很。大家开始都对这位古怪司机摇摇头,话说开了,就互相讲述别的搭车上班人的趣事。大家都听到了欢笑声,一种以前在121号公共汽车上从未听到过的温情洋溢的声音。

沟通悟语

一张报纸,挡住了大家的视线,筑起了防备的心墙。其实只要我们轻轻的一声问候,就可以打开彼此的心门。放下外表伪装的冷漠,我们便能窥见发自内心的微笑,享受彼此传递的温暖。

偶　　遇

他停下来深深吸了一口气，眼光转向我，轻轻地笑着说："幸运的是，我得救了，我的朋友用无法描述的行为救了我。谢谢！"

在我还是一个高中新生的时候，有一天，我看到班上的一个男孩正从学校回家。他的名字叫凯尔，他看起来好像背着所有的书。我心想：怎么会有人在星期五下午把书都带回家呢？真是个笨蛋。我早已把我的周末安排好了（和朋友一起聚餐，然后再去踢一场足球），于是我耸耸肩膀继续走路。

我正走着，突然看见一群孩子向凯尔跑去，他们把他手臂上抱的书撞了一地，还把他推倒在地。他的眼镜飞了出去，落在几英尺开外的草地上。

他缓缓从地上坐起，摸索着眼镜，我看到他的眼里充满着悲伤，不由得上前，把眼镜递过去："这些家伙太坏了，真该教训教训他们！"

他看着我说："谢谢！"脸上浮现出微笑。那是一种表示真心感激的笑容。我帮他捡起书本："你家住在哪里？"他回答："布鲁克林街4号！""天哪！和我家只隔一条街。可我以前上学怎么没见过你？"

"我一直在一家私立中学读初中。"他叹了口气，遗憾地说。

我们一路上不停地交谈，我发现他是个挺有趣的人。我问："星期六下午,我们要踢一场足球,你愿意来吗?"

"哦?"他扬了扬眉毛,"好的!"他轻轻笑起来。

整个周末我们都在一起,我越了解凯尔,就越发喜欢他,我的朋友们也深有同感。

星期一到了,我又看到凯尔抱着一大包书的身影,我叫住他说:"嗨!你每天背这么多书的话,一定会练出一身强壮的肌肉的!"他大笑起来,把他的书扔一半给我。

在以后的 3 年里,凯尔和我成了最要好的朋友。

高中快结束了,我们开始考虑上大学的事情。凯尔想去芝加哥,而我则想去西雅图。我知道我们将永远成为朋友,距离不是问题。在毕业典礼上,凯尔作为毕业生代表向学校致词。我看得出凯尔有些紧张,于是我带着些许得意拍了拍他的肩膀说:"伙计,你会讲得很棒的!"

他用那种我看过很多次的(那种极真诚的)笑脸看着我说:"谢谢!"

凯尔演讲的时刻到了,他清了清嗓子,开始说起来:"毕业的时候是你向所有帮助你度过这些不寻常岁月的人表示感谢的时候。你的父母,你的老师,你的兄弟姐妹,你的教练……但主要是你的朋友们。我想给你们讲一个故事。"

他顿了顿,讲起了我们第一天相识的情景:"那时我转学过来有一个月了,我认为爸爸妈妈不关心我(当时他们的工作非常忙),我和新同学很陌生,我不大会结识朋友,我觉得自己是一个多余的人。于是,我想好了在那天结束自己的一切。我把书柜里的书、衣柜里的东西,全部装进了书包,实在装不下的就拿在手上,之所以这么做,是为了避免我死之后爸妈来替我收拾,这样会让他们丢脸……"

他的喉咙哽住了。他停下来深深吸了一口气,眼光转向我,轻轻地笑着说:"幸运的是,我得救了,我的朋友用无法描述的行为救了我。谢谢!"

人群中传来一阵感叹声,直到那一瞬间,我才体会到这种微笑的深意。

沟通悟语

无意间的一次偶遇,唤醒了一颗沉寂的心。当我们播撒友情时,微笑就会四处开花,甚至可能使别人燃起生命的希望、扬起前进的风帆。

一泡童子尿

一泡童子尿,打出一片安全感,于是,真正的交往产生了。有时,世事人情就这么简单。

说实话,我不敢去打开水,因为列车已经行驶半个小时了,对面那两个相貌粗鲁的汉子竟然一言不发,懒散地靠在座位上眯缝着眼,不知道是打瞌睡还是在谋划什么。他们旁边坐着一个怀抱孩子的妇女,而我旁边坐着一对老年夫妇。谁也不搭理谁。这个窗口边的小社会,不安全。

乘警来检票了。车厢里有点儿嘈杂,我听见一个逃票的被逮着了,心想:如果对面这两个家伙也是逃票的就好了。老年夫妇默默地找出票,那个抱孩子的妇女也从怀中摸出票,我想:我不该把票放进钱包,现在,我是掏还是不掏呢?我实在不想暴露钱包的位置。眼角的余光中,我总觉得那两个汉子在瞟我。我也不想离开座位去掏票,因为,椅子下放着我的重要包裹。

乘警来到我们座位边。老年夫妇首先递上票，接着是抱孩子的妇女。我注意着对面两个家伙，只见他们随手从口袋里捏出票，交给乘警——他们捏票的姿势活像贼！也就在这时，我迅速掏出钱包，将票递上。

乘警走了，我们的小社会恢复了安静。我身边的老年夫妇偶尔嘀咕两句，也不知道在说什么，给人小心翼翼的感觉。抱孩子的妇女很茫然的样子，眼睛看着车顶，或者窗外。"哐当哐当"，"哐当哐当"，夕阳中，火车在前进，而我觉得身边简直就是死水一潭。

夜晚就要降临，不断有人从过道上经过，手里拿着方便面盒子去冲开水。而我对面的两个家伙，居然一直没动静。他们不饿吗？为什么不拿东西吃？为什么不像别人一样去泡方便面？难道他们在等待什么？老夫妇从袋子里掏出鸡蛋，剥，吃。抱孩子的妇女看着老夫妇，一声不吭。我其实没有胃口，但，也许是为了消遣，我拿出了一块面包，无聊地咀嚼。

啪！车厢顶灯全部开启，夜晚终于降临了……

我有点儿郁闷。这样的旅途真是……我还是第一次经历。难道大家就这样坚持到终点？有好几次，我想开口说点儿什么，但又被现场的气氛给压抑住了，尤其是对面那两个相貌粗鲁的汉子，他们的在场，使我们很不自在，我明显感觉到——连妇女哄孩子的声音都是那么谨慎！

这时，孩子"哇"地哭了。妇女好像想起什么似的，解开襁褓要给孩子把尿。她刚托着孩子要转身，只见孩子下身一道水线"嗞"地射出来，恰好射中一个汉子的脸，下巴上的胡须挂满尿珠！

大家一齐愣住了！

"哈哈哈哈！"坐在窗口边的汉子大笑起来，两排被烟熏黄的牙齿暴露无遗。妇女很紧张，一边道歉一边寻找东西想给身边的汉子擦尿，那汉子却说："不碍事，不碍事，你照顾孩子要紧。"窗口边的汉子笑完了，说："兄弟，让一让。"说着，从头顶取下一条毛巾，擦椅子上的尿。妇女非常尴尬，脸都红了，连声说："对不起，对不起。"那汉子安慰她："没啥！童子尿，比水还干净，怕啥嘛！"

一切安定下来,气氛为之一新。老夫妇与抱孩子的妇女拉家常,对面的汉子请我吃他们家乡的烧饼,而我回敬他们香烟。

一泡童子尿,打出一片安全感,于是,真正的交往产生了。有时,世事人情就这么简单。

(张小失)

沟通悟语

　　每个人都渴望交流,渴望友情,只是不敢轻易开口,首先打破僵局而已。其实,只要多一分勇气,多一点儿亲近,我们的旅途就不会寂寞,我们的人生就不会冷清。

同一寝室的人

　　圣诞节那天早上,人们看到满地是白白的雪,远处几棵大树被风吹断。又有人发现,雪地里躺着一个身穿卡其布上衣的人,手中拿了一本不知道内容的书。

　　几年前的那天是俄罗斯某大学新生报到的日子。基里连科便是其中之一。

　　基里连科到报到处登记后,便拎着大包小包的东西向宿舍楼走去,他与车雪夫斯基、卡尔平分到同一寝室。基里连科来自一个小镇,小镇居民能歌善舞,热情好客,这种热情让他很快成为校内的知名人物。

不久大家又认识了一个人，车雪夫斯基，一个同样来自文学系的"酷哥"。他很少说话，同样也很少听人说话，他的灵魂仿佛装进了一个上了锁的匣子。即使是同寝室的两个人，与他交流的机会都很少。

冬天到了，车雪夫斯基穿了件黄色呢子长大衣，衣领竖得老高，头上戴着大皮帽子，好比契诃夫笔下的别里科夫。

基里连科开始谈起恋爱，而高大英俊的卡尔平也找到了梦中情人。

晚上，在寝室中，基里连科讲述着白天与女朋友之间的趣事，而卡尔平不时也会让人分享自己的感受。

过了好长时间，车雪夫斯基似乎再也忍受不了寝室里的谈话，人们时常看见他在一盏昏黄的路灯下，拿着一本谁也不知道内容的书，很有兴趣地读着。

车雪夫斯基，来自新地岛———一个非常寒冷的地方，他对学校这里现在的温度非常困惑。因为在家乡，同样是这个时候，天气会非常寒冷，这里就好比春天一样。圣诞节前一天的晚上，他披上那件卡其布上衣，又出去看书了。

圣诞节那天早上，人们看到满地是白白的雪，远处几棵大树被风吹断。又有人发现，雪地里躺着一个身穿卡其布上衣的人，手中拿了一本不知道内容的书。他已经死了，全身僵硬。

人们翻开那本"书"，发现里面什么也没有，全是白纸。或许他太想听见有人问他："你看的是什么书？"

（赵　睿）

沟通悟语

在日常生活中，当我们夸夸其谈时，不要忽视了那些在角落里静静倾听的人。也许一个微笑，一句话语，就可以使他们融入自己的圈子，滋润他们孤寂的心灵。

心　距

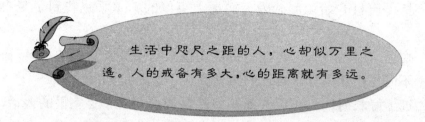

生活中咫尺之距的人，心却似万里之遥。人的戒备有多大，心的距离就有多远。

　　初来深圳即遇连绵春雨。南国的雨跟北方的不同，不是那样犹犹豫豫、缠缠绵绵。深圳的雨，来得畅快淋漓，去一会儿雨过天晴，刚将雨伞收拢，雨又倾盆而至，浇你个措手不及。

　　那天晚上，从长城大厦朋友家出来，已经10点多了，我去7路车站等车回宿舍。

　　车站静悄悄的，候车亭下一位小姐翘首等车。瓢泼大雨借着风势又倾盆而至。我穿着雨衣，又打着雨伞。雨越下越大，穿着深色套装的小姐被横飘着的雨水打透了，像一只落水的燕子。

　　仍不见7路车的影子，偶尔驰过的几辆的士都载着客人。

　　打着雨伞又穿着雨衣的我，见被雨水淋透的小姐，顿生同情之心，手中的雨伞稍稍向小姐偏去，想挡住横飘来的雨水，小姐却让开了。

　　戒备是人的本能。在这个特定的环境里，小姐完全可能误会我的好心。于是，我向候车亭另一边走去，与小姐保持着距离。

　　仍不见车的踪影，仍下着瓢泼大雨。

　　一会儿，候车亭另一头的小姐向我走来："请问几点了？"她明明戴着表。我看表，呀！11点多了。再看站牌，7路车收车了。我只好准备走回去。可在深夜里把一个单身女子留在空无一人的车站,总觉得有失教养。想送小姐回家,见她如同惊弓之鸟,又怕让她误解。真没想到,一件简单得不能再简单的事,竟使人陷入两难之地。

从来没有像今天这样感到人心是这样难以沟通。我正犹豫着,小姐大概看出我要走的意图,急得好像要哭了。

"小姐,"我还是开了口,"可能没有车了,你又没有雨伞,要不要我送你一程?""不!不!"小姐嗫嚅着。"那我走了。"我走出候车亭。"喂——"那小姐显然又怕又急,情不自禁地叫我。我回头,等待着她。她犹豫片刻,终于移步与我同行。小姐告诉我,她刚从外地来深圳求职,住在亲戚家里。雨,还在下,但小多了。我将雨伞让给她,自己穿着雨衣径直朝前走,使她和我保持着随时可以撒腿就跑的距离。

我们在深圳黄木岗西区宿舍路口停住了,显然小姐不想让我知道她住哪幢楼。直到此时,她也没有放松最后的戒备。我将雨伞让给她,她推让了一会儿,终因雨大还是接受了。

分别时,小姐说:"来深圳前,父母告诉我,对人要戒备,和谁都要保持距离。"

我笑着说:"你没有错,我也没有错,错就错在人心难测。"

"怎么将伞还给你呢?"小姐问。

"有两个办法:一是回家后顺手扔进垃圾箱;一是留着下雨时再用,也许它能告诉你,别用猜疑制造距离。"小姐一副沉默状,接着转身走了。

雨小了,变得温柔。

空旷的马路,昏黄的路灯,飘扬的雨丝,慢慢消失在夜幕中的身影。

天更黑。马路上留下我一个人时,就没有了人与人的距离,可这多孤独。

听了这个故事的朋友笑着说:"你做了一件高尚的事,可是我却听别人说,你雨夜和一位小姐逛马路。"我苦笑了一下,说:"这就是心距。"

人心之小,不过一手之握;人心之大,能容世间万物。唯有心与心的距离,令人难以捉摸。

生活中咫尺之距的人,心却似万里之遥。人的戒备有多大,心的距离就有多远。

(杨黎光)

放下戒备的心,人与人的交往才有可能;收起怀疑的情,才不会左右为难,彼此伤害。我们只有用信任的目光来量度,人心才容易测量,人与人之间的距离才会缩短。

我们是朋友

一个友善的微笑,一句温暖的话语,舔让智障的人都心动,并充满感激。在平时的人际交注中,我们又应该怎样做呢?

有一个中国女孩,来到法国一所学校读书。刚入学时,就有好心的同学叮嘱她,最好离高年级那个叫杜比的法国男孩儿远点儿。因为,杜比是个智障少年,不仅喜欢跟人恶作剧,还经常无缘无故就动手打人。

这天,这名中国女孩正和几个同学在花坛边嬉戏,忽然,一个人影朝她们扑来,天啊,是杜比!

其他几个同学都吓得跑开了,可单薄的她却一把被杜比抱住。杜比用双手使劲掐住她的脖子,把她推到花坛边上,并大声叫喊着什么!

此时，跑开的同学都停住了脚步，远远地朝这边看过来，却不敢上前靠近半步。

望着杜比眼睛里射出的令人恐怖的怒火，这名中国女孩也特别害怕，可她心里十分清楚，此时此刻，能拯救她的只有她自己。于是，她稳了稳心神，用新学的法语艰难地对杜比说了一句话。然而，杜比似乎并没有听懂她在说什么，依然用恶狠狠的眼神瞪着她。

时间在一分一秒地过去。旁边的同学有的吓得闭上了眼睛；有的屏住呼吸，紧张地观望着这边的动静；也有的悄悄跑去找学校里的警卫。

而女孩，却不再手足无措，她用平和的眼神迎向杜比的眼睛，努力地重复了一遍刚才所说的话。杜比稍微愣了一下，眼中流露出些许困惑，手上却不再那么用力了。

她又用平静的语气重复了一遍那句话，脸上甚至绽开微微的笑容。这回，杜比完全听懂了，他的眼中不再蓄满怒火和困惑，而是写满了惊喜和感激！只见他松开双手，轻轻地拍了拍中国女孩的肩膀，在女孩的耳边用法语嘟囔了一句什么，然后迈步走开了。

围观的同学们都松了一口气。大家纷纷跑过来，好奇地追问女孩："刚才你对那个'呆霸王'说了什么，竟然轻而易举地让他放过了你？"

女孩的脸上依然带着微笑，平静地说："我只是告诉他，我们是朋友。"

这是一个真实的故事。故事里的中国女孩名叫周美兮，来法国不到半年。而杜比最后对她说的那句话竟然是——"谢谢"！

一个友善的微笑，一句温暖的话语，能让智障的人都心动，并充满感激。在平时的人际交往中，我们又应该怎样做呢？

（田　野）

沟通悟语

　　即使是智障的人，当面对自己的亲朋好友时，都会情不自禁地露出笑容。可见朋友的情感力量是不可估量的，它可以使脆弱的人变得坚强，使有智力障碍的人同样变得温情脉脉。

将 心 比 心

在人际交往中，只有拿出将心比心的善意、真诚和热情，使别人获得温暖后，自己才能在相互的交流中温暖起来。

一个男孩在生日那天收到了爷爷送的礼物，那是一只可爱的小乌龟。男孩很喜欢它，总是试着与它玩耍，然而小乌龟却害羞似的一下子就把头和脚都缩进了壳里。男孩用棍子捅它，想把它从壳里赶出来，但小乌龟却丝毫未动。

爷爷看到了男孩的举动，语重心长地对他说："孩子，不要这样对待小龟，你要学着将心比心啊；假如你的伙伴也这样对你，你还愿意跟他玩吗？"还没等男孩说话，爷爷已经把小乌龟带进屋里，放在了暖和的壁炉旁。不一会儿，小乌龟觉得热了，伸出了头和脚，并缓慢地向男孩爬去……

小乌龟和人一样，也需要温暖。在人际交往中，只有拿出将心比心的善意、真诚和热情，使别人获得温暖后，自己才能在相互的交流中温暖起来。

有这么一则寓言：一把沉重的铁锁挂在门上，有一个人拿着一根铁棒去敲打它，不管用多大的力气都打不开。这时另外一个人来了，他拿出一把小小的钥匙，往锁孔里一插，"咔嚓"一声，锁就开了。等别人都走了，迷惑不解的铁棒问小钥匙："为什么我用那么大的力气都打不开的锁,你轻轻一下就可以打开呢?"小钥匙的回答是:"因为我懂得它的心。"

是啊,人与人之间的交往永远如此。"懂得它的心",多么简单的字眼,却蕴含了无比深刻的涵义。

给人一盏灯,照亮的是两个人;将我心比照你心,让宽容多于固执,让热忱多于漠然,幸福的或许是一群人。如果说"雪中送炭"需要你在物质上煞费苦心的话,那将心比心往往仅需一个眼神、一个词语或一个动作,却比雪中送炭更显温馨和自然。

将心比心,只希望你在捡到钱包时能够体会到失主的焦急与渴望之情,从而完璧归赵;将心比心,只希望你在公共汽车上能为别人的父母让一下座,在马路上遇到别人的孩子摔倒时帮着扶一把……

"老吾老以及人之老,幼吾幼以及人之幼。"将心比心其实很简单,它像苹果落地那样自然。它虽是一种看不到、摸不着的精神上的东西,但却真真切切地暖在每个人的心坎儿里。

(李玉燕)

你把爱拿出来,一定也会得到爱的馈赠;你把快乐带给别人,一定也会得到快乐的恩宠。人与人之间的沟通,其实就是心与心之间的情感交流。相互之间多投入一份尊敬、多付出一份真诚,我们就会多收获一份信任,多赢得一份和谐。

不喊冷的男孩

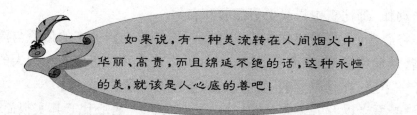

如果说,有一种美流转在人间烟火中,华丽、高贵,而且绵延不绝的话,这种永恒的美,就该是人心底的善吧!

初冬的傍晚,我乘车从市里往我所在的那座小城赶。车刚出市区的时候,上来一对母女。小女孩不大,五六岁的样子,母亲牵着她的手,扫视了一下车厢,便坐在靠近车尾的座位上。

这对母女上车没多久,便闹出了动静。售票员一边大声地喊着:"挺着点儿,快,塑料袋。"一边迅捷地从司机身后的靠垫处扯出几个塑料袋来,扶着车座,跌跌撞撞地"跑"到车尾,塞给了母女俩。很快,车厢里便飘散着食物酸腐的味道——母女俩晕车,并开始呕吐了。

这辆车是全封闭的,车窗已经冻上了。大家拧着鼻子,颇有些不满。售票员嘴里嘟囔着,"咣当"一声,就把车后部的天窗推开了,霎时,一股凉气压了下来——初冬的风,有些许的寒意,不一会儿,车尾的几个乘客便纷纷挤到了前边。到后来,后边只剩下我,一个小男孩和他的母亲,以及那对在清新空气吹拂下明显好受了的晕车母女。

天色逐渐暗了下来。天窗吹进来的风,变得更加凛冽起来,让人难耐。小男孩的妈妈也感觉到冷了,忙问儿子:"你冷吗?"小男孩摇摇头说:"不冷!真的不冷!"

车继续前行。车窗外,暮色四合,远处的村庄、人影已经变得影影绰绰,看不清楚。车内,除了风的呼啸声,静得很。这时候,又听见小男孩的妈妈问:"儿子,你冷吗?要不,妈妈给你把天窗关上?""妈妈,我不冷,这样才凉快呢!"男孩说完之后,顺便把妈妈加在他身上的单衣扔在了一边。

一路上的静寂。

到达小城的时候,已是华灯初上,大家开始收拾行李准备下车。我发现,那对晕车的母女刚一下车,男孩就一把扯起刚才扔在一边的单衣,裹在了身上。

下车后,男孩的妈妈唠叨了起来:"你不是说你不冷吗?我说关上窗户,你说不用,看冻成了这样……"她一边说,一边埋下头,给儿子紧紧地系好衣扣。男孩则规规矩矩地站在母亲面前,任由她含着无限疼爱地埋怨着。

末了,男孩低低地说:"妈妈,后边的那个妹妹,还有那个阿姨,她们晕车肯定挺难受,开着窗子她们还能好受点儿……"

而此刻,那对晕车的母女早消失在夜色中,她们已经听不到男孩的这句话了。

这个世界,好多暖心的话就这样独自飘散在风中,好多付出的人就这样悄然消失在岁月深处,而沐浴过爱的恩泽的人,却浑然不觉。即便如此,呵护、扶持、帮助、关怀,这些人世的温暖,依旧会随着第二天清晨的第一缕阳光,准时降临在我们的生活当中。

如果说,有一种美流转在人间烟火中,华丽、高贵,而且绵延不绝的话,这种永恒的美,就该是人心底的善吧!正是因善生爱,因爱生暖,爱暖与共,这个世界的希望才生生不灭。

(马　德)

给别人一把钥匙

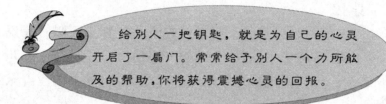

给别人一把钥匙，就是为自己的心灵开启了一扇门。常常给予别人一个力所能及的帮助，你将获得震撼心灵的回报。

　　19 世纪早期，在德国的一个小村庄里，坐落着一个由石墙围起的古老教堂，里面有精美的雕刻、彩绘玻璃和一架华美的管风琴。管风琴向来以宽广的音域和饱满的音色被赋予"乐器之王"的美称。

　　这一天，教堂里正在干活的一位老管理员，忽然听到教堂避难所的橡木门上传来敲门声。他打开门，看到一位穿军装的士兵站在台阶上。

　　"先生，您可以帮我一个忙吗？"士兵说，"请允许我弹一个小时的管风琴好吗？"

　　"很抱歉，年轻人，"管理员回答说，"除了我们自己的管风琴演奏者外，不允许外人弹奏它。"

　　"但是先生，贵教堂的管风琴闻名遐迩，我远道而来，只为了能亲眼见到它、弹奏它，仅一个小时！"

　　老人犹豫了一下，悲伤地摇了摇头。

　　"好吗？"士兵请求道，"我的指挥官只允许我请假 24 小时。过几天我们将开拔到另外一个省，在那里将有一场残酷的战斗。恐怕这是我一生中最后一次弹奏管风琴的机会了。"

老管理员不情愿地点点头。他打开门，招手让士兵进来，然后从衣袋里取出一把钥匙递给他："管风琴锁着呢，这是钥匙。"

　　士兵用钥匙打开管风琴华丽的琴盖，然后弹奏起来，宏伟的音符如一排排波浪从管风琴金色的音管中翻腾而出。老管理员震撼了，他的眼中闪动着泪花，在门口的长椅上坐下来。

　　不到几分钟，教堂门口已经聚满了附近教区的村民，他们朝里窥视，纷纷摘下帽子踏进避难所来倾听，优美的旋律在避难所回荡了一个小时。拥有天才手指的风琴弹奏者完成最后一个音符后，双手从键盘上抬起。

　　士兵放下琴盖锁好，当他站起转过身来的时候，惊讶地发现教堂里坐满了人，村民们是暂停手中的活儿来听他演奏的。那个士兵谦逊地接受着人们的称赞，然后从过道中央走过，把钥匙归还老管理员。"谢谢。"年轻人感激地说。

　　老人起身接过钥匙，"谢谢你！"他一边回答，一边握住年轻士兵的双手，"这是我年迈的双耳听到过的最动听的曲子，请问，你叫什么名字？"

　　"我叫费利克斯，"士兵回答道，"费利克斯·门德尔松。"

　　老管理员听到这个名字时，眼睛睁大了。眼前的这个士兵，20岁以前就已经是享誉欧洲大陆最著名的作曲家了。老人注视着这个士兵离开教堂消失在村庄的小路上，他喃喃自语道："我差一点儿因为没有给他钥匙而错过这支美妙的乐曲！"

　　给别人一把钥匙，就是为自己的心灵开启了一扇门。常常给予别人一个力所能及的帮助，你将获得震撼心灵的回报。

（[美]龙理·戴维士　北　佳/编译）

沟通悟语

　　在人与人的相处交往中，彼此的态度决定沟通的效果。冷漠不可能换来热情，轻视不可能赢得尊重。我们不要过分吝惜自己的真诚，也不要轻易拒绝一个善意的帮助。给别人一份爱，也就是给自己一个被爱的机会。

捅破那层纸

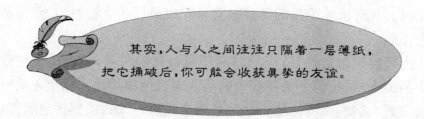

其实，人与人之间往往只隔着一层薄纸，把它捅破后，你可能会收获真挚的友谊。

在这栋楼上，好多人本着老死不相往来的古训，互不来往。

他家和他家也是这样，只知道彼此对门，他姓张，他姓刘，都有孩子，除此之外一无所知；当然，也是懒得知道——大家工作都这么累，有时间窝在家里歇歇算了。

那天，刘家来了客人。因为是老家的来客，老刘送客到门口时，没有说普通话，而是用家乡话与其告别。恰好老张回家，听了此话心中激动——原来彼此是老乡！

就这样，老张和老刘用乡音聊上了，聊得不过瘾，就聚到张家去聊。老乡见老乡，两眼泪汪汪。过去半年，彼此都是陌生人，现在才几分钟，彼此却好像是老朋友了……

这次聊天，他们还达成了一项共识：既然老乡都这么忙，孩子又都在同一个幼儿园上学，就轮流来接送孩子吧，一家一周。

孩子们很高兴，结识了小老乡，再也不孤单，于是不再为上学的事哭闹了。

几天后，刘家的孩子对爸爸说："张叔叔很会讲故事和笑话，不知不觉就到了学校，上学的路好像变短了。"老刘很惊讶，原以为老张是那么严肃、冰冷的人，谁知他这么会带孩子。

张家的孩子对爸爸说："刘叔叔很会唱歌，是刘欢第二，他教会了我两首歌曲，很好听，我唱给你听吧……"老张很吃惊，本以为老刘那么呆板、冷漠，不想他却这么有情调。

于是，两人对对方都有了更多的了解，两家人也亲得像一家人……

其实，人与人之间往往只隔着一层薄纸，把它捅破后，你可能会收获真挚的友谊。

（孙君飞）

其实，生活中的每个人都渴望与人沟通，但却又吝啬主动发出沟通的信号，哪怕是一个会心的微笑，一句暖意的问候。因此，只有打开彼此心灵的窗户，才能得到真情阳光的普照。主动迈出那一步之后，你会发现，沟通原来是如此简单。

尊重好意

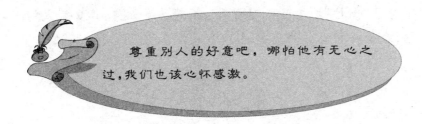

尊重别人的好意吧，哪怕他有无心之过，我们也该心怀感激。

一位同事跟随教育考察团到瑞典访问，在这个美丽的国家，人与人之间的相互尊重给他留下了深刻的印象。

一天，他们寻找不到要去的地方，正在着急的时候，一个瑞典男孩主动上前询问他们是否需要帮助。得到许可，男孩非常热情耐心地为他们指路。这条路线果然不好走，反复听了几遍，他们方才明白。他们正要按照男孩的指点出发，却发现刚才一直站在旁边的另一位瑞典人走过来，请他们停留一下，他将告诉他们正确的路线。看到大家惊讶的神情，这位瑞典人微笑着说："我听到孩子告诉你们的路线错了，但为了尊重他的好意，我得等他走了再告诉你们正确的路线。"

当我们遇到困难的时候，能够遇到耐心的热心人已经相当不容易，哪怕他无意给我们指了一个并不正确的方向。而当好心人、献爱心的人、怀着美好心愿的人一旦帮了倒忙，犯了错，能够欣赏他、宽容他、尊重他的人更是少之又少，连被帮忙的人也会埋怨甚至骂他，导致我们变得越来越顾忌和冷漠，而具有热心肠的人、想做好事的人也越来越少。这怨谁呢？我们不但缺少对好意的宽容、尊重和理解，更缺少帮助别人纠错、弥补别人错误的美好心灵，和在"润物细无声"中促使它走得更远更理想的智慧和艺术。

尊重别人的好意吧，哪怕他有无心之过，我们也该心怀感激。

（孙君飞）

在遭遇难题的时候，每个人都希望有人出手相助。但我们常常只会感激有效的帮助，而忽略那些无效的帮助，甚至对那些帮了"倒忙"的人还心存责难。不管结果如何，尊重别人的善意，也是一种交际的美德。

没有人能孤独地活着

让小学生学会与人沟通的 100 个故事

    美国有位心理学家,请了几个学生做过这样的实验:只要他们各自单独在一个备有各种美味佳肴,但不能看到听到任何东西的与世隔绝的房间住满 4 天,就能得到一笔可观的酬劳。但实验不到两天,学生就都拼命敲打墙壁,要求"重见天日"。重返"人世"后,这些人各个神情呆滞、表情麻木、动作迟钝,过了很长一段时间才恢复过来。

    这个实验给了我们一个启示:没有人能孤独地活着,沟通像空气一样重要,我们一刻也不能缺少。

善于沟通,使他两次获得诺贝尔奖

桑格说:"是善于和别人沟通,使我开阔了眼界和思路,最大限度地吸收了别人的智慧,才使我如此荣耀。"

　　一个人一生能获一次诺贝尔奖就可谓功成名就,不虚度此生了,能两次获得诺贝尔奖的人简直凤毛麟角,而两次获得诺贝尔化学奖的,到目前为止,仅英国生物化学家桑格一人。他是由于发现胰岛素分子结构和确定核酸的碱基排列顺序及结构而获得了1958年和1980年的诺贝尔化学奖的。

　　在谈到自己成功的秘诀时,桑格说:"是善于和别人沟通,使我开阔了眼界和思路,最大限度地吸收了别人的智慧,才使我如此荣耀。"

　　桑格是英国剑桥大学教授,古老的剑桥学府有喝下午茶的习俗,教授们聚集在一起,边品茶边沟通交流,他们的思想往往会在这时碰撞出火花。桑格教授是他们中间最活跃的一个,他总是将自己在研究中遇到的困难和问题向大家公开,请大家提思路和建议。他第一次成功地测定出了胰岛素的一级分子结构,就是得益于大家的智慧,这使他获得了1958年度的诺贝尔化学奖。之后他又开始了对核酸的碱基排列顺序及结构的研究,这一次,他仍然不搞闭门研究,而是将课题公开,让大家"会诊"。很多次,在喝下午茶的时候,茶室内所有人的注意力都集中到桑格的话题上来,为他献计献策:

　　物理系一位教授向他建议:"用物理的方法来测核酸结构吧,没准能有大突破。"这时一位生物系的教授说："荧光染色方法也可用啊，革兰氏染色，还有弗尔根染色，染色后都能见到细胞核的核质。这样，测定 DNA 的核苷酸序列可能会容易些。"一个研究英国古典文学的教授也凑过来说："你闭上眼睛，我将你催眠，在梦中，你问题的答案自然就会到来了……"

大家就这样你一言我一语，天马行空，漫无边际，思想跳跃着、碰撞着，灵感的火花不时闪现。桑格教授专注地倾听着、捕捉着，觉得谁的建议中有一点儿可取之处，就抓住不放，专门找这人深谈，一点一点地沟通。很多次，他都和人交谈到很晚，之后就请大家吃晚餐。所以，有人就开他的玩笑，说他用晚餐换大家的智慧。人们特别喜欢桑格，说他是沟通的高手，他不仅吸收大家的智慧，同时也给予别人智慧。他经常给人提出很有见地的建议，使别人受益匪浅；而且，他总是最先提出沟通的话题，激发大家的兴趣，在沟通中撞击出灵感的火花。

沟通使桑格教授的思路越来越清晰，笼罩在头脑中的迷雾渐渐淡去，逐步接近问题的核心。

他参照大家的建议，制定了试验方案，进行了一次又一次的试验，最后，终于确定出了核酸的碱基排列顺序和结构。1980 年，他第二次获得了诺贝尔化学奖。

接着就是蜂拥而来的祝贺的官员和采访的媒体，面对巨大的荣誉，桑格教授还是那么谦虚，一再说："荣誉属于剑桥，荣誉属于大家，是剑桥的下午茶给我提供了沟通的环境，是大家的智慧点亮了我心中的火花，才使荣耀的光环第二次落到了我的头上。"

桑格，这位著名的化学家，善于沟通，成就了他的事业，也成就了他的荣耀。

（洪　渺）

多与别人交谈，才能开阔自己的视野；相互讨论，才能取长补短、相互促进，创造更大的辉煌。自我封闭，只会孤芳自赏；善于沟通，才能纵横世界。

沉 默 是 铁

不要以为自己的才华是谁也拿不走的,有才华一定要表达出来,要与人交流。否则,就像是一块埋在土里的金子,被厚厚的尘土埋没了光辉。

小时候,老师给我的评语是:沉默听话,是个好学生。稍大一点儿,有长辈谆谆告诫:祸从口出,切记守口如瓶。于是,我一直遵守沉默这个所谓中庸之道,将心扉紧紧锁闭,从不轻易开启。

大学毕业,我应聘到一家报社,跟着一个编辑做娱乐新闻。本来就对娱乐圈"发烧"的我显得比老编辑更能把握潮流,一个娱乐版被我做得活灵活现。

但因为从小养成的习惯,我很少在编辑会上说出我的想法。久而久之,我一在众人面前说话就脸红,后来就干脆不说了。遇到老编辑撤我的文章,也不说出我的编辑思想,就一味忍着。心想:反正活是我干的,不用说别人也知道。

我的顶头上司编辑部主任姓文,30多岁,是个怪人。日常生活中,他显得平易近人,可是一旦牵涉到工作,就变得六亲不认。但由于他能力突出,不论是策划、标题制作、文字编辑、新闻敏感,甚至美术设计排版,等等,都自有一套学问,所以大家对他既尊重又害怕。

他很关注娱乐这一块,虽然我也有被他骂得颜面无光的经历,但总的来说对于我们版面的进步他给予了很大的肯定。有几次,他很亲切地让我去他办公室谈心,交流工作体会。可是每次他问我在工作上有什么需要表达的观点没有,我的心就紧张得"怦怦"乱跳,关于如何把娱乐版做得更好的想法差一点儿就冲口而出——但每次我都是忍住了没说,切记沉默是金,切记祸从口出。

转眼半年过去了,其他和我一起来的年轻人都做出了一些成绩,唯独我还是默默无闻。由于我总把话闷在心里,别人并不了解我的想法,我编辑的稿子总是被撤。渐渐地,我开始怀疑自己的能力。

一次,文主任请我们这些年轻人吃饭,算是对我们半年来工作的一次肯定。酒过三巡,他变得激动了,敲着桌子对我说:"你的前途渺茫啊。"喧闹的饭桌一下沉寂了,大家都看着我瞧我有什么反应没有,我虽然窘迫着红了脸,却没有反驳他。

"瞧,这就是你的毛病。"文主任说,"你才多大,学得这么老成,没有一点儿年轻人的锐气——你如果拍着桌子对我喊'不要看扁我!'你就还有救!"他嘲讽地说。"其实我知道你心里在想什么,你在想'没必要和这种人一般见识',对不对?"他的话确实是我心里想说的,我这才说了句实话:"你怎么知道的?"大家哄堂大笑。

文主任也笑了:"我刚参加工作的时候和你很像。"他说了自己的一段经历。

文主任的第一份工作是在一家杂志社做编辑,年轻的他连着策划一些主题文章,包括约重头稿件。但有一点,就是不善表达。

没过多久,一个提拔的机会降临在编辑部每位成员身上,杂志社要增加一个总编助理的位置。他心想,这个职位应该是非他莫属了。果然,领导找他谈话,让他说说对杂志的看法。他却做和事佬状,不愠不火地简单说了几点。他想着,没必要表达太多,反正工作都在那摆着。

没想到答案却出人意料,一个各方面能力都比他差好远的人被提拔了上去。领导当面告诉他,通过那次谈话,感觉他没什么想法,才做出这个决定的。文主任这时候才知道自己吃了哑巴亏。

从那以后,他深深明白了一个道理:"不要以为自己的才华是谁也拿不走的,有才华一定要表达出来,要与人交流。否则,就像是一块埋在土里的金子,被厚厚的尘土埋没了光辉。"

在新的单位,他仿佛变了一个人,坚持自己的风格,直陈自己的想法,工作十分出色。文主任说完了他的经历,望着我说:"每一次我给你机会让你说说想法,你都不敢说,是你自己丧失了闪光的机会。"

那个夜晚,我收获了一条永远铭记在心的道理:任何一个满腹经纶、胸怀大志的人,如果只会清高地沉默,那么机遇就会在你手指间消失得无影无踪。沉默很多时候是块铁,会白白葬送比金子更为可贵的机遇。

(晓 丹)

在某种场合,沉默只会埋没自己,只有大胆地表达自己的观点,勇于交流,才能抓住时机,闪现出自己的光彩。在人生的大舞台上,如果静静地躲在幕后,成功的灯光是照射不到我们的;只有在台前尽情表演,才能博得别人的阵阵掌声。

让交流来治愈身心

人的疾病,有许多是由心绪造成的,郁闷、烦恼、痛苦,这些无法用药物治疗的情绪,都可以在交流中得到化解。

蓝鲸鱼一生都是健康的,但如果让它离开群体三个月,便会迅速地患上5种以上的疾病,一年内死亡。金黄花从来不单独生长,一定要彼此长在一起,如果把其中的一株移植到离群体 10 米以外,尽管是同样的环境,却活不到 10 天;人们要想移植金黄花,最少要 10 株以上一起移植,彼此的间隔也不能多于一尺的距离,否则一株也活不成。这些都证明,动植物也是需要彼此依赖,彼此关怀的。这是它们生命的内涵。世界上的许多动植物,彼此不能离开的原因,就是因为要保持彼此的交流。

据科学家研究发现,当一些动植物离开了群体之后,便会像人类一样感到孤独。孤独的时间达到一定的限度时,便要患上"心理疾病"。心病很快又会转换为生理疾病。进一步研究发现,像蓝鲸鱼这样的深海动物,每天都是在彼此的交流中生活的。蓝鲸鱼几乎随时随地都要向两个或者更多的同伴发出信息,同时要接收到对方的反馈。

金黄花则要在风力的作用下,相互传递自己的气味,同样是一种彼此交流和依赖。科学家发现,这种气味的传递没有任何的营养成分,只是一种交流,类似人与人的对话,是一种语言方式。无论是蓝鲸鱼,还是金黄花,或是其他的动植物,它们彼此的交流与来往,与人的交流需求是一致的,而且要有一定数量上的保证;一旦交流的次数减少,或干脆失去这种交流,它们的身体内部就会发生变异,即某种疾病。

人与人的交流如果减少到一定程度,或是被隔断,人的身心也会发生变化;只是通常不会像动植物这么迅速明显,因此常常被人所忽视。而人类的交流需求,又远远大于动植物。英国的心理医生撒拉发现,一个人与外界交流的频率越高,身心的状况越健康;与外界交流得越彻底,心胸越豁亮。许多小病与不适,都会在这种广泛的交流中被治愈。人的疾病,有许多是由心绪造成的,郁闷、烦恼、痛苦,这些无法用药物治疗的情绪,都可以在交流中得到化解。

人在许多时候,都有找人诉说自己的愿望,这便是一种需求。像吃饭、喝水一样,如果达不到需求,人便会产生恐慌、憋闷,进一步会产生身体的病变。按照美国心理学家西蒙的话说,这是因为你已经处在了"病态"的边缘,是你的本能告诉你,你急需这种走出去的治疗,是你的潜意识在指导你去找人谈心。

据心理医生观察,交流的深入与交流的质量,是医治人们某些疾病的良方。忙忙碌碌的现代人,尽管每天都在所谓的交流中,但却低估了交流的深刻价值。多数人并不知道,你是在一次与朋友的深入交谈中,防止了你的一次心脏病的复发;你是在一次与知己的坦诚来往中,治愈了你的一次胃溃疡;你是在若干次开心的电话中,平稳了你的血压。而你的许多小病与不适,也是这么好转的。不过你的许多病变,却又是由于你的封闭,没有及时地与人交流累积而成的。深刻的交流是最好的心理按摩。

无论是心理医生撒拉,还是西蒙,他们都为人们开出过很好的药方:去找你的知己,去找你信得过的人,每十天最少要有一次深入细致的聊天,每五天最少要在一起坐坐,每三天最好通一次电话。不要怕耽误时间,不要说影响了你的生意。交流中,你确实没有收到金钱,也确实与你的生意无关,但却保证了你今后能健健康康地回收你的钱,保证了你快快乐乐地去做你的生意。

西蒙发出呼吁:想长寿吗? 想快乐吗? 那就用心、用坦诚去与人交流吧!

（星　竹）

不是所有的交流都是利益的谋取,不是所有的对话都是辩论和争吵,其实在生活中,人与人之间的交流是不可或缺的。我们只有用真心换深情,才会缔造美好的生活,塑造健康的人格。

不要和凸起的地砖较劲儿

在家里，父母会宠爱你；在学校，老师会迁就你；而在职场，没有谁会怜悯你。你只有凭实力、凭良好的人际关系才能站稳脚跟。

上大学时，正赶上各种辩论风生水起，有全校的、系里的、班里的，时不时的还和邻校来场辩论会。作为学生会干部，我义不容辞地站在了辩论第一线，得理肯定不让人，没理也要死争个有理。就这样，我弄了个"最佳辩手"。辩出了滋味，久而久之，就是在学习、生活中，我也喜欢事事与家人争、老师争、同学争。看我锋芒毕露、咄咄逼人的样子，母亲不止一次劝我收敛些：得理也要饶人呀！清官都难断家务事，生活中有很多事情是分不出对错的……而我把母亲的告诫当做耳边风，仍然我行我素，照辩不误。

不听老人言，吃亏在眼前。参加工作后遇到的第一个上司是从部队转业的军官，信奉"军人以服从命令为天职"的理念，下达了指令你就要照办，不准讨价还价，"照我说的去做，出了问题我负责"。事事喜欢分个对错的我，起初还强忍着，后来时间一长，就忍无可忍针尖对麦芒了。一天晚上11点多钟的时候，加完班回家已经上床睡觉的我，突然接到上司打来的电话，说办公室的锁坏了，怕丢东西，要我在办公室守一晚。一听这话，我的头就炸了：这可是寒冬腊月呀！气也就不打一处来："头儿哇，我已经上床睡觉了，您另找别人吧。"

第二天上班的时候，针对我违抗"命令"没有守夜这件事，上司便要对我进行处罚。我索性把事情闹大，与上司一同找总经理理论，凭着自己的三寸不烂之舌，加上事情也不是自己全错："你当领导的应当吃苦在前、享受在后，你为什么不能在办公室守一夜呢？"竟把上司驳得哑口无言！上司急了："今天是有他没我，有我没他，总经理您就看着办吧！"结果，我被公司开了。

我愤愤不平地回家与母亲诉说，母亲没说什么，只是要我到她开的装饰材料店里帮忙，主要是送送材料、搞搞售后服务。几天下来，我发现母亲不仅经营有方，而且售后服务搞得特别好，不管客户有什么需要帮忙的，都尽自己的最大努力去解决。一次，一位老客户说铺的地砖不知什么原因竟有少许凸起，见多识广的母亲马上让客户把凸起的地砖撬起来，放置一边个把月后，再将地砖放回原处，就可以解决这个问题。看我一脸迷惑的样子，母亲解释说："由于空气、水分、温度、甚至铺地砖的技术等原因，都会造成地砖相互挤压凸起，这个时候就要釜底抽薪把它们撬起放置一旁，过一段时间地砖就会自然收缩到原来的尺寸；否则，持续受力凸起会导致地砖断裂损坏。崽呀，与领导有矛盾时也要像处理这凸起的地砖，撬起来先放一放，才能避免矛盾激化。我已经代你向你们的领导道了歉，领导不计前嫌，欢迎你回去上班……"

考虑到现在找工作这么难，而我原来那份工作薪水也不错，我听从了母亲的建议，重新回到了原来的工作单位，并修复了与上司的关系，现在已升到了办公室副主任的位置。经历了这些，初涉职场的我这才明白：在家里，父母会宠爱你；在学校，老师会迁就你；而在职场，没有谁会怜悯你。凸起的"地砖"随处可见，你只有凭实力、凭良好的人际关系才能站稳脚跟。

（肖保根）

沟通悟语

　　退让不是懦弱的表现，而是精明的躲避。暂时的退让是为了将来更好地前进，如果相互硬碰，只会两败俱伤。我们只有收起尖锐的锋芒，才不会刺伤自己，祸及他人。

竞选学生会主席

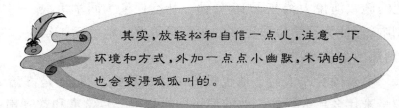

其实，放轻松和自信一点儿，注意一下环境和方式，外加一点点小幽默，木讷的人也会变得呱呱叫的。

学校要举行竞选了。

艾南来找我，说我在同学里面有些威信，体育成绩又不赖，让我去试试，没准儿可以当个主席什么的。

我考虑了一下。我这个人嘛，特怪。小打小闹还蛮拿手的，可一旦上了正规台面，就不行，心里老发怵，实在是个无法挽救的坏毛病。

看来，只有放弃了。

"不，"我说，"我可从来没有在那么多人面前讲过什么话。不行，我会怯场的，我不干。"

"嗨，这有什么！"艾南说，"我连演讲稿都写好了，在这儿。"他说着掏出一张纸递给我。

我拿过来看了看，简直驴唇不对马嘴，便扔给他："什么乱七八糟的，照这个讲要能当选就见鬼了！"

艾南说："我对这个非常了解，别人选你是因为喜欢你。我会把你训练好的。你是最后一个演讲，其他的人肯定会大说特说他将如何为大家服务，让听众恨不得把耳朵堵住。而你就不同了，照我说的做，你一定能当选。"我半信半疑地决定试一下，反正有五成的机会，要么当选，要么不当选。

演讲会的前两天我的脑子已是一团糨糊，似乎一切的一切都是为了演讲。

这天终于来到了。我按照艾南的主意，穿了件漂亮的衬衣，还打了领结。艾南使劲地拍拍我的肩膀，"拿出你在球场上的魅力来。"

校长首先上台讲话。我没注意听，但我想无非是什么竞选、民主之类的话。接着就是第一个候选人演讲。

他的施政演说大约花了10分钟，什么保证为同学争取一切应有的权利啦，保证为同学争取更多的福利呀等等。他的话一结束，"啦啦队"立刻热烈鼓掌欢呼。

第二个人接着上了台。他也没说出什么新鲜东西，还是许诺能给同学们带来什么什么好处。他的演讲同样赢得一片掌声和欢呼声。

轮到我了。我觉得心已经提到嗓子眼儿，一张嘴就可能蹦出来。我看看艾南，他向我做了个鼓励的手势。我硬着头皮站起来，慢慢走到讲台中央。台下一片模糊，我一个人也看不见。

我镇定了一下，强迫自己开了口。

"主席先生，各位老师，各位同学，"声音直震我自己的耳朵，同学们脸上露出惊愕的表情。

"我真害怕。"奇怪，说完这句话，我反而镇静多了，也自然多了。"球赛"正式开始了。台下传来一片笑声，包括老师在内。紧张的情绪随着笑声渐渐消失。

"信不信由你们，"我接着说，"我真搞不懂站在这里干什么。"

又是一阵大笑，将我的紧张彻底赶走。

"前天，两个朋友来找我。'想当学生会主席吗？'他们问我。我当时傻乎乎地说：'当主席还不好！'可现在，我真怀疑他们俩到底是不是我的朋友。"

这回除了笑声还增加了一些掌声。

老天爷！我想，艾南真有两下子，他们还真吃这套。

"听完前两位候选人的演说，我简直不敢上台了。"又是一阵大笑，看到还有不少人还往前探了探身子，我真有点儿美滋滋的。我煞有介事地踱到另一边。

"总之,如果是因为参加篮球队或是足球队便能竞选主席的话,那你们总算是替足球队找到一位高手了。"

下面也许并没有听清其中的含意,但他们显然是喜欢这种故弄玄虚。

"我真不知道能给你们什么许诺,我想两位候选人已经帮我说得很清楚了。"

掌声和笑声接连不断。我自信了许多,仿佛回到了我意气风发的足球场上,我正在盘带着足球向对方的球门飞奔。我这才发觉人们是很容易打动的。我做了个请安静的手势。

"我不认为他们有错处,他们说得对极了。每一句话我都很赞赏。我很想许诺让你们的作业少一点儿,自己的时间多一点儿,上课的时间短一点儿,但是我不能这样做,教务处会第一个反对。"

又是一阵笑声和掌声。我想我的球快进门了。扫了一眼第一排的艾南,他正得意地向我笑着,还用两根手指做成"v"形,意思是成功了。

"现在我不想再占用各位的时间,因为我知道各位一定都急着回去吃饭,照顾各位的肚皮要比听我讲话恐怕更有益处。(台下大笑)我所能许诺的只有一点,那就是不管你们选的是谁,相信他一定是最好的一位,他也一定会尽最大的努力来为同学们服务。"说完,我很礼貌地向下鞠了一躬,然后回到了我的座位,俨然得胜归来的球星。同学们纷纷站起来鼓掌,还有人又叫又跳。

不出艾南所料,我以绝对优势当选学生会主席。

从那以后,我改变了许多。这,还得感谢艾南,除了他的出谋划策,还有他给予的鼓励。

其实,放轻松和自信一点儿,注意一下环境和方式,外加一点点小幽默,木讷的人也会变得呱呱叫的。

(凯 明)

沟通悟语

　　不要心慌,稳住情绪,才能发挥自己的才能。适时的幽默,可以增加成功的砝码,增强自身的魅力。其实,我们不管采用什么形式的演说,只要抓住别人的心,就抓住了成功的缰绳。

一个人不能长期孤独地生活

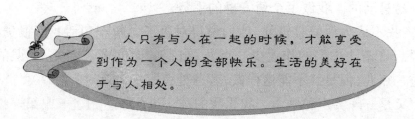

人只有与人在一起的时候,才能享受到作为一个人的全部快乐。生活的美好在于与人相处。

意大利洞穴专家毛里奇·蒙塔尔只身到意大利内洛山的一个地下溶洞里,开始了长达一年的名为"先锋地下实验室"的活动。

"先锋地下实验室"设在溶洞内的一个68平方米的帐篷内,里面除配备有科学试验用的仪器设备外,还设有起居室、卫生间、工作间和一个小小的植物园,在洞外山顶上的控制室里,研究人员通过闭路电视系统观察蒙塔尔一个人在长期孤独生活的状况下生理方面会产生哪些变化。

刚开始20天左右,由于寂寞与孤独,蒙塔尔曾感到害怕,怀疑能否坚持到底,但是后来还是顶住了。他给果树和蔬菜浇水,看书、写作或看录像。一年中,他吸了380盒香烟,看了100部录像片。实验室内还备有一辆健身自行车,他共骑了1600多公里。

度过了一年多的地下生活后,蒙塔尔于2004年8月1日重见天日。这时,他的体重下降21公斤,免疫系统功能降到了最低点;如果两人同时向他提问,他的大脑就会乱;他情绪低落,不善与人交谈。虽然他渴望与人相处,却已丧失了交际能力。

蒙塔尔说:"在洞穴里度过了一年,才知道人只有与人在一起的时候,才能享受到作为一个人的全部快乐。过去,我是一个喜欢安静的人,常常倾向于独处。现在,让我在安静与热闹之间选择,那我宁可选择热闹,而不要孤寂。这场实验使我明白了一个人生的奥秘:生活的美好在于与人相处。"

沟通悟语

当我们与世隔绝时,就会丧失交际能力,长此以往,就会使自己变成一个废人,与社会格格不入。我们只有正常地生活在人们中间,与人为善,友好相处,才会容光焕发,朝气蓬勃。

狮 群 之 战

相互沟通,才能相互了解,才会减少不必要的损伤;相互猜测,只会使误解越来越深,积怨难解。在生活中,多一些沟通,就会少一些麻烦;交流越多,损失就越少。

大草原上,两群狮子之间爆发了一场激烈的战争。血雨腥风的战斗过后,两个王族都损兵折将,死伤惨重,彼此都没有能力继续打下去了。最后,两败俱伤的狮子们坐下来开始了一次开诚布公的对话。

发动战争的狮群代表发言道:"本来我们一直井水不犯河水,要不是你们中间有人越界,想要抢我们的地盘,也不会造成今天这样的局面。"

对方代表大吃一惊:"我们从未想过要抢你们的地盘,我们的地界够大了,我们的头儿都嫌治理麻烦,又怎么会想到去你们那儿。越界只是有几个不懂事的孩子迷了路。相反,我们一直以为是你们在打我们的主意,想要侵犯我们!"

相互沟通,才能相互了解,才会减少不必要的损伤;相互猜测,只会使误解越来越深,积怨难解。在生活中,多一些沟通,就会少一些麻烦;交流越多,损失就越少。

误会了50年

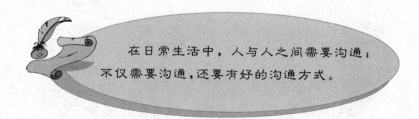

在日常生活中,人与人之间需要沟通;不仅需要沟通,还要有好的沟通方式。

一对老夫妻,在她们结婚50年后,准备举行金婚纪念。就在这天吃早饭的时候,老太太想:"50年来,每天我都为丈夫着想,早餐吃面包圈时,我都把最好吃的面包圈的头让给他吃。今天,我该自己好好享受这个美味了。于是,她切下了带奶油的面包圈的头给自己,把剩下的给丈夫。不料,她丈夫很高兴,吻了吻她的手,说:"亲爱的,你今天给了我最大的享受。50 年来,我从没有吃过面包圈的底部,那是我最爱吃的,我一直想你也一定喜欢吃那个。"老太太说:"现在我明白了,在日常生活中,人与人之间需要沟通;不仅需要沟通,还要有好的沟通方式。然而,沟通就是把信息传给对方的一种行为。"丈夫听了,点了点头,微笑地说到:"只有这样,生活才能更美满。"

从此夫妻俩更恩爱了。

　　我们可以把自己喜欢的东西送给他人,但别人不一定喜欢,可能别人喜欢的正是我们讨厌的。有时候,好心好意变成了强人所难,善心遭到遗弃。只有常常沟通,才会避免误解,传递快乐。

我的加拿大房东劳伦斯

　　学会关心他人,处处考虑为他人提供方便,是一个人的修养和文明程度的表现,也是沟通中最朴实的技艺。

　　我在加拿大渥太华时,租住在劳伦斯家里。之所以选择这里,是因为偌大一套房子,只有劳伦斯一个人住,而且房租相对低廉。

　　第一次见面,劳伦斯让我很吃惊。年近七旬的老人居然仍能保持身材挺拔、精神矍铄,并不像想象中那般老气横秋。他满面笑容地伸出

一双有力的大手,热情地在门口迎接我:"欢迎你,年轻人,希望我们能成为朋友!"他先领我到早已为我收拾好的卧室放下行李,然后带我把整栋房子里里外外参观了一遍,并不厌其烦地向我介绍水龙头该怎样开关、抽油烟机该怎样使用、家里哪个地方如果不小心就有可能摔跤等等许多事项。他神情专注,我不好拒绝,只得机械地跟着他。

忙乎了半个多小时后,我们才坐在沙发上休息休息。因为刚才劳伦斯告诉我的一切,连小孩儿都知道,所以,我忍不住问他那样做的理由。劳伦斯回答说,他当然知道这些我都明白,但他必须有话在先,这是他的职责。假如他没有事先和我打招呼,万一我在他家摔了一跤,他是要负法律责任的。我笑着说:"就算真有什么意外,我也不会去告你呀!"劳伦斯的神色立即变得严肃起来:"我们不能因为没人起诉而置法律条规于不顾!"

此后,每天早上8时,劳伦斯都会准时收拾屋子。天天如此,雷打不动。平时我外出居多,倒也无大碍,可到了周末,想睡会儿懒觉都不成。我不止一次地对他说,我的房间自己整理,用不着他老人家亲自操劳。他对我的话却"置若罔闻",依然我行我素。每到周末,他必会在早上8时来敲我的门,虽然声响很小,但如若我不开门,他会一直敲下去。他说这是他的工作,否则,儿子会扣他工钱的。我这才知道他是帮儿子看房子,并且会得到酬劳。后来,我和他解释了我迟迟不开门并且婉拒他收拾我房间的原因是他打搅了我的休息,没想到,他却反过来一脸迷茫地驳斥:"应该说是你影响到了我的正常工作,因为我要做清洁时你还没起床,严格上讲,这是对人的一种不尊重!更何况,你一来我就向你讲明了我每天的工作日程,并且得到了你的当面认同……"唉,面对这样一个偏老头儿,我实在无话可说。

然而,观念的不同、年龄的差异并没有影响我和劳伦斯的交往,我从内心开始喜欢他是我到渥太华一个月以后。一天我外出办事,辗转中不慎坐错了公交车,当我发现时,车已经开出了老远。我正准备往回赶时,突然发现钱包不见了。打车返回住处是一笔很大的开销,情急之下,我决定向劳伦斯求助试试看。没想到,劳伦斯一口答应下来:"就在原地别动,耐心等我来!"

足足过了一个多钟头，劳伦斯才急匆匆地从一辆公交车上走下来。见到我后，他一个劲地表示歉意，说自己年纪大了，不能亲自开车，只好坐公交车赶来。明明是我给他找麻烦，他却向我道歉。听他这样一说，我更为感动了。一想到他年事已高，为了帮助我这个外国房客而一路颠簸了那么长时间，我心里的感动就会奔涌。这件事使我和劳伦斯的关系更近了一步。

偶尔，我不外出时，也会在家中自己动手做一些中国菜。有一天，我强烈要求他与我共进午餐，他却说什么也不同意。原来，在国外请客是要事先邀请的，被邀请者要穿正规的礼服并准备礼物。可我和劳伦斯同居一室啊，难道也需要这么麻烦？瞧瞧这个劳伦斯，真是一根筋！

接触的时间久了，我渐渐品味出，劳伦斯的较真儿其实并不是一种单纯的"刻板"，而是一种对人生负责的态度。嘱咐我注意生活琐事，体现了他高度的防患和自律意识；每天准时收拾房间，是对工作恪尽职守；婉拒我的盛情款待，则是一种深入骨髓的礼貌。这种"刻板"或者并不现代，但却是文明的一种存在方式。这种文明，值得借鉴。

（黑　潇）

沟通悟语

　　人们的思想、行为习惯是有差异的，所以在相处和沟通过程中，彼此之间的尊重、以礼待人是处理好人际关系的前提。学会关心他人，处处考虑为他人提供方便，是一个人的修养和文明程度的表现，也是沟通中最朴实的技艺。

第二辑　没有人能孤独地活着

我们可以把自己喜欢的东西送给他人，但别人不一定喜欢，可能别人喜欢的正是我们讨厌的。有时候，好心好意变成了强人所难，善心遭到遗弃。只有常常沟通，才会避免误解，传递快乐。

宽容与真诚,沟通的必修课

让 小 学 生 学 会 与 人 沟 通 的 100 个 故 事

　　宽容是人际关系的润滑剂,多一点宽容,多一点关爱,多给别人改错的机会,就会减少很多人与人之间的摩擦与冲突。

　　真诚是融化人与人之间冰山的阳光,真诚地敞开你的心灵,真诚地关怀别人,心与心之间就会越来越靠近。宽容与真诚,是沟通的必修课,这堂必修课你及格了吗?

真心识真人

人与人之间存在偏见，不能看到对方的"庐山真面目"，往往是彼此没有真心交注、主观臆测的后果。

　　15年前，世界首富比尔·盖茨和世界第二富豪沃伦·巴菲特是两个互不相干的人，彼此只闻其名，不识其人，两人之间甚至还有很深的偏见：盖茨认为巴菲特固执、小气，靠投资发财，不懂时代先进技术；巴菲特则认为盖茨不过是运气好，靠时髦的东西赚了钱而已。但是，后来他们成了商场上不多见的莫逆之交，巴菲特多次公开说，此生最了解他的人就是盖茨，而盖茨尊称巴菲特为自己人生的老师。

　　这种转变起源于他们在1991年春天的第一次交往。那天，盖茨收到了一张邀请他参加华尔街CEO聚会的请帖，主讲人就是巴菲特，他不屑一顾，随手把请帖丢到一旁。盖茨的母亲微笑着劝儿子："我倒是觉得你应该去听一听，巴菲特有今日的成就，必定有他的过人之处，他或许恰好可以弥补你身上的缺点。"盖茨觉得母亲的话很有道理，决定认识一下这位大他25岁的前辈。

　　在会议室，巴菲特见到盖茨后，傲慢地说："你就是那个传说中非常幸运的年轻人啊。"盖茨是以一颗真心来结交巴菲特的，因此他没有针锋相对，而是真诚地鞠了一躬，说："我很想向前辈学习。"这一举动完全出乎巴菲特的意料，他心里不由对盖茨产生了好感。

离会议开始还有一段时间,巴菲特和盖茨有意坐到了一起,一个讲述,一个倾听,彼此聊到自己的童年和对世界经济的看法。两人惊奇地发现,他们有太多的共同点,都是白手起家,热衷冒险,不怕犯错误……不知不觉中一个多小时过去了,意犹未尽的巴菲特被催促着来到演讲台上,他的开场白竟然是:"在开始讲话之前,我想说的是,今天我第一次和比尔·盖茨交谈,他是一个比我聪明的人……"

随着交往的深入,盖茨逐渐认识到巴菲特是个不可多得的"真人":他并非一毛不拔的"铁公鸡",相反对金钱有着超凡脱俗的深刻见解,他说"财富应该用一种良好的方式反馈给社会,而不是留给子女……"他的家庭生活幸福美满,每当妻子面临危难的时候,他都守候在她的身边;为记录三个孩子成长的经历,他坚持写了30本日记;他不但支持妻子从事慈善事业,而且身体力行,计划在自己离世后,将全部遗产留给妻子,由她把这些钱捐献出去;他对待朋友非常真诚,乐于助人,他的人格魅力常常打动每一个与之交往的人……

同样,在巴菲特眼里,盖茨也是个年轻有为的"真人"。2006年6月15日,盖茨宣布将逐步退出微软,专心从事慈善基金会的事业。紧随其后,6月25日,巴菲特因为妻子过早去世,决定把370亿美元的财产捐给盖茨的慈善基金会。他动情地说:"我之所以选择盖茨和梅琳达慈善基金会,一方面是因为我认为它是世界上最健全的慈善组织,另外就是我十分信任盖茨和梅琳达(盖茨的妻子),他们是我最好的朋友。"

人与人之间存在偏见,不能看到对方的"庐山真面目",往往是彼此没有真心交往、主观臆测的后果。如果先入为主,抱着冷漠和过分警惕甚至"老死不相往来"的态度,纵然像盖茨和巴菲特这样杰出、智慧的人物,也有可能对真正值得交往的人心存偏见,从而与之失之交臂,留下人生遗憾。积极与人交往,真心与人交往,这样才有可能洞悉真相、结交"真人",并恰如盖茨母亲所言,"他或许恰好可以弥补你身上的缺点",在这个过程中自己也有可能获益终身。

生命就像一棵华美的树,独自成长只能享受一种果实,假若能够将自己的果实真心奉送到别人面前,又乐意别人的枝条伸到自己的世界里,就能分享到更多香甜的果实——这就是积极与人交往、真心与人交往的秘密和价值所在。

(羲水羽衣)

没有人会拒绝真心的,正如没有人愿意接受虚假一样。只要真诚地接近别人,才能认识别人的真正价值。妄加猜测,只会使偏见越来越深。深切地交心,才能彼此相知,消除误解。

竞选演讲,将军为什么输给士兵

约翰·海伦之所以在竞选中获胜,是他承认自己是一名普通的士兵,这样拉近了与广大民众间的距离。

1865 年,美国内战结束后,陶克将军竞选国会议员。他的对手是他当年手下的一名士兵,名叫约翰·海伦。一位是功勋卓著的将军,一位是普普通通的士兵,几乎所有人都认为,胜利的一定是陶克将军。

竞选演讲开始了。陶克将军的演讲慷慨激昂。他说:"诸位同胞,还记得 17 年前那个战争的夜晚吗? 我率领士兵到茶座山阻击敌人,那是多么艰苦的战斗呀! 但我从没想退却。因为我知道,为了我们的国家,为了正义和自由,我愿付出所有,包括生命。我两三天没合眼,血战后,我竟躺在树林里睡着了……"

比起陶克来，约翰·海伦的演讲要朴实得多。他说："亲爱的同胞们，陶克将军说得不错，他确实在那次战斗中立下了汗马功劳。我当时只不过是他手下的一名普通士兵，和他一起出生入死。那次，他在树林里睡着时，我就站在他身旁守护他。当时我携带武器，饱尝寒冷滋味，还时刻准备着用我的身躯为他挡着随时可能射来的子弹。我在心中说，我是一名士兵，我要保护将军的安全……"

约翰·海伦的演讲赢得了民众热烈的掌声，他出人意料地赢得了选票和最终的胜利。

约翰·海伦之所以在竞选中获胜，是他承认自己是一名普通的士兵，这样拉近了与广大民众间的距离。在恶劣战争中仍能坚守自己的岗位，兢兢业业尽忠职守，让人觉得更值得信赖。陶克将军在自己演讲中列举了自己的赫赫战功，言辞慷慨激昂但他的演讲始终保持着对民众的一种高姿态，不能给人以亲切真诚的感觉，因此失利也在情理之中。

（刘玉贤）

沟通悟语

即使职位很低，但淡然地面对自己的身份，实实在在地做好本职工作，也能引起别人的共鸣、情感的震撼。其实成功不是偏爱地位高的人，而是信赖那些具有较强亲和力与感染力的人。

第三辑　宽容与真诚，沟通的必修课

诚者无疆

真诚,是人与人之间相处的基本准则。人与人之间并没有不可逾越的隔膜,真诚可以化敌为友。

　　三年前的一天,我如约去采访中科院一位赫赫有名的院士。由于刚到北京,临去之前,我打电话询问这位年逾六旬的老人,我该怎么到他的工作间。他在电话里稍作沉吟,然后告诉我说:"这样,你开车向西,过苏州桥、人大,然后到中关村,在中关三桥调头,把车停在楼下的院子里,我在三楼。"我在电话这端一边飞速地记录着各个地名,一边思忖着该如何转乘公交车。

　　我想那位老人是高估我了,或许去采访他的记者都是京城富有的名记,不像我,一个刚从南方来到北京的谋生者,甚至连骑自行车都不会,租住的房子还是一间没有暖气的平房。

　　采访老人之前,他的助手接待了我。这位年轻干练的助手递给我一杯水后说:"教授被你的真诚打动了。说真的,他这十年来都没接受过任何媒体的采访,因为从来没有哪个记者会像你这样连续两年给他写信要求采访,会在两年里的每个节日给他寄送卡片。"没想到老人还记得我的这些细节,我的眼睛开始有点儿湿润了。

　　那位老人给我留下了深刻的印象。他每天凌晨4点准时起床,锻炼一阵后就开始了一天的科研工作。在我的5年记者生涯中,他是我采访的最权威、最知名的一位。然而，就是这样一位老人，却对我这样一个初出茅庐的小记者平易近人，对我提出的那些或许在他看来是低级和幼稚的问题也一遍一遍地为我解答。他甚至还邀请我留下来和他一起吃晚饭。

我始终没有向他提起我并不是开车来的，而是手捧着北京地图一路换乘公交车而来。

没想到三年后，我又和那位老人见面了。一所研究机构在网上看到了我采访院士的文章后和我取得了联系，邀请我参加他们举办的一个研讨会，而那位院士，也在被邀请之列。

自然我们又见面了。当主办方介绍我时，我看到那位精神矍铄的老人侧着头，在人群里搜索着什么。我起立向来宾致意，老人恰好看见了，挥手让我坐到他的身边去。一次短暂的采访，况且时隔 3 年，没想到这位日理万机的老人竟然还记得我，这使我不胜感动。

会后，我终于忍不住向老人说起了我当年的窘境："其实……我当时并不是开车去的，而是一路辗转乘坐公交车去的。"我顿了顿，解嘲地说，"即使现在，我也没有车。"

我本想向他述说上次采访他时的"花絮"，权当加深印象吧，没想到老人听完我的讲述，竟然站起来双手握住我的手："对不起，我今天郑重向你道歉，为我的冒失。"我没想到他会这样，一时不知说什么好，慌乱地摆着手，请他坐下。这位老人的再三道歉，使我对自己刚才说出的话顿生悔意，他看出了我内心的不安，说："谢谢你今天告诉了我，不然我还不知道自己无意中犯下的过失……"

我愣在那里，一时竟不知说什么才好。想想当初，因为我的真诚打动了他，使他破例接受我的采访，也使我有了一次与名人面对面的机会。而现在，老人竟然为自己的一个小小的过失真诚地向我道歉。可是那能算做是他的过失吗？因为他的真诚，使我更加从内心深处尊敬他，并以他为楷模。

我想，真诚，是人与人之间相处的基本准则。人与人之间并没有不可逾越的隔膜，真诚可以化敌为友。寂寂无名的人，通过它可以更上一层楼；功成名就的人，通过它可以使周遭的人受益终生。

第三辑　宽容与真诚，沟通的必修课

真诚可以超越地位的局限，打破年龄的差距。只要以真诚作为交流的基础，就能穿越层层障碍，使沟通得以顺利进行。其实没有真诚的付出，没有坚持不懈的毅力，就没有成功的眷顾。

一瓶啤酒的内涵

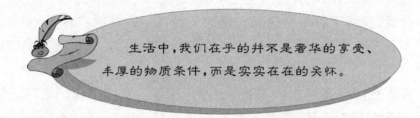

生活中，我们在乎的并不是奢华的享受、丰厚的物质条件，而是实实在在的关怀。

公司成立之初，一位退休的老专家加入了公司的创业行列。正是因为他一手撑起了公司技术开发的蓝天，公司的产品才得以在激烈的市场竞争中分得一杯羹，公司利润也得到了稳步提高。

于是，如何表达对这位专家的尊重和爱戴，竟成了公司首届董事会的一个难题。大家畅所欲言，献计献策，但提出的意见和建议稍经推敲都毫无例外地被否定。最后，才有人提出这样一个思路，从老专家的为人处事来看，他并不是那种贪图名利和享受的人，他需要的是一份理解和真诚，因此，只要能表达大家对他的诚意就行。

大家议来议去，才想起老专家有喝酒的嗜好，于是会上决定每天午餐给老专家准备一瓶啤酒，并把这作为公司的制度坚持了下来。

5年过去了，这个规矩从没有被打破，相反，因为一瓶啤酒，还引发了一些故事。

一个南方大老板慕名来到公司找这位老专家，开出年薪30万的条件请他加盟，结果被老专家婉拒了。问其原因，老专家坦言道："就为了一瓶啤酒！"

那位老板听说了一瓶啤酒的来历后，不屑一顾地说："我可以给你十瓶、百瓶啤酒啊！"老专家严肃地说："你连一瓶啤酒的内涵都不懂，我就更不能接受你的聘请了。"最后，那位老板带着无奈和困惑怏怏离开了。

此后几年，又发生了几件类似的事情，却都因一瓶啤酒的缘故，老专家从未动摇过立足本公司的信心和决心。

其实，很多时候，我们之所以心甘情愿并能够千方百计地想尽一切办法，克服重重困难和挫折去做好一件事，往往都不是奔着名利和享受的诱惑，而是出自于一种个人爱好、追求，工作中彼此之间的一份理解、信任、尊重和真诚。

（冀卫军）

诚心诚意，一杯啤酒也喝得津津有味；虚情假意，即使是高级洋酒也装满了苦涩。生活中，我们在乎的并不是奢华的享受、丰厚的物质条件，而是实实在在的关怀。

每一个善意都值得尊重

赏金我是不会要的，其实，你已经给了我比任何金钱都贵重的奖赏——尊重和信任，我收下了，也谢谢你。

当她猛然发现身边的皮包不见了时，吓得冷汗涔涔。那手提包里的钱和银行卡都在其次，关乎"命门"的是海关进出口手册和关税证明的单据，一旦丢失，将给她所在的报关公司带来巨额的经济损失。

她失魂落魄，跌跌撞撞到广场派出所报了案；然后，又心急如焚地雇来了三个人，举着寻物牌，来回走动。写着"一万元悬赏，捡到棕色皮包内票据"的牌子像巨大的聚光镜，把游人的目光都聚集过来。她以为重赏之下定会催生出奇迹。

阳光一点点离散，她的心也揪得越来越紧。这时候，广场派出所的民警打电话来说，有一个人拾到棕色的提包。

她急三火四地赶到派出所，的确是她的手提包，她惊喜地叫起来。可是等她打开拉链，却傻了眼，包里空空如也。像迎头挨了一瓢冷水，她心里的希望一下子熄灭了，她又急又上火，眼泪止不住流下来。

拾到包的人是一个十六七岁的男孩，衣着破旧而脏乱，神情漠然。民警悄悄告诉她，这男孩整天在广场拾破烂，上次，他也说是捡到了提包，来交还失主，哪知失主说，就是这男孩在他坐的地方转来转去，不一会儿皮包就不翼而飞，失主一口咬定，包就是他偷的。结果那失主不但没给赏金，还管那孩子要包里少的钱，甚至动了粗。民警看了看男孩又说，我怀疑，这次他又故伎重演，要不，我们仔细地盘问盘问，看看有什么破绽？

她忙摇摇头，即使以前男孩有过劣迹，她也不愿意因此怀疑和猜测他这次的诚心，曲解他的好意。

许是猜出了民警和她谈话的内容，男孩涨红了脸，紧咬着下唇，一副怒不可遏的样子，分辩道："包是捡的，不是偷的。"

她走上前去，缓缓地蹲下身子，拉过男孩的手，拍拍他的肩膀，说："小兄弟，姐相信你，即便你只是送来了空提包，姐也谢谢你。"

直到夜幕降临，也没有奇迹出现，她心灰意冷地往回走，月色薄凉如水，冷得让她心寒。突然，身后蹿出一个人来，往她怀里塞了个方便袋，然后掉头跑开，消失在幽暗的小巷里。

等她从惊恐中回过神来，她惊奇地发现，方便袋里竟是那些让她忧心如焚、想用一万元"买断"的票据。突如其来的惊喜，让她恍惚置身于不敢惊扰的梦境中一般。

除了现金，一切失而复得，还多了一张纸条，上面写着：曾经，我把拾到的包交给失主，却被失主反咬一口，人心险恶，我真后悔把包给了他。所以，当今天下午我又捡到包时，我就先交上空包，投石问路，倘若你也诬赖我，我就干脆让那些单据从你眼前消失。没想到，你不仅相信我，还握了我脏兮兮的手，给了我人世间的温暖。赏金我是不会要的，其实，你已经给了我比任何金钱都贵重的奖赏——尊重和信任，我收下了，也谢谢你。请你一定相信我，我捡到包时里面就没有钱。

她呆呆地站在夜色里，心动如潮，泪流满面，为那个受了委屈依然善良的男孩，为那个在困境中生存但内心并不贫穷的孩子。她总以为能让人心动的是金钱，却不知道真正能打动人心的是人的体态、言语和笑容衍生出来的温暖与尊重。多少怀揣着真诚而来的帮助，多少明媚而纯粹的心境，被我们审视、猜忌和怀疑的目光灼伤，变得冷漠而麻木。其实，爱原本就是无求的付出，对每一个卑微的善举都应该心怀感激、感恩。每一个善意都该得到尊重，容不得一丝龌龊的猜疑。

（王建兰）

信任,可以在瞬间建立,也可能在瞬间毁灭。一旦赢得,信任将成为一把打开心灵之门的钥匙;而一旦失去,就很难再重建,人们爱的能力和信心也便随之而去了,我们也将为此付出代价。

熟悉的陌生人

有句广告语说得好:沟通从心开始。对待朋友应该用发自内心的真诚,而不应是虚伪的寒暄和虚假的笑容。

赵鹏和李利是校友,毕业以后很少见面。这天赵鹏上街,远远地看见了李利,便急忙走上前去打招呼。两个人一见面显得格外高兴,紧紧地握住对方的手,好一阵寒暄,那种亲热劲儿简直没法形容。赵鹏把李利的情况问了个清清楚楚,李利也把赵鹏的近况问了个明明白白。最后,赵鹏执意要请李利吃饭。李利说自己还有别的应酬,只好作罢。但两个人最后都留了电话号码,并强调一定要多联系。

20分钟后,赵鹏到另外一条街去办事,刚走到街口,就和李利碰了个正着。"真是巧呀。"赵鹏连忙和李利打招呼,李利也连忙回应。这次两人没有像刚才那样寒暄,再次握手之后,赵鹏说:"你有事就先忙,我正要去火车站接个朋友。"李利忙说:"好的,我也正要回单位,电话联系。"

过了半个小时，赵鹏从另外一条街出来，没想到又遇到了李利。两个人一见面，脸上都不自然地笑了笑。赵鹏说："哎呀，真是太巧了。"李利说："是呀，巧。"接着赵鹏还想说点儿什么，但该说的刚才好像已经都说了，赵鹏一时间想不出来说什么好。这时他发现李利也好像没什么可说。两个人同时愣了愣。片刻后，赵鹏只好挥挥手说："去忙吧。"李利连忙说："好的，忙。"于是两个人分头走开了。

真是无巧不成书。没想到几分钟后，赵鹏又在街的对面看见了李利，赵鹏发现李利同时也看见了他。赵鹏觉得实在尴尬，真不知道这次该如何打招呼了，于是他赶紧把脸扭到了一边，假装没看见李利；与此同时，李利也赶紧把脸扭到了一边，假装没看见赵鹏。就这样，几个小时前好不亲热的两个人，这回像两个陌生人一样，把头扭在一侧，擦肩而过。

有句广告语说得好：沟通从心开始。对待朋友应该用发自内心的真诚，而不应是虚伪的寒暄和虚假的笑容。倘若李利能更真诚些，接受赵鹏的邀请去吃饭；假如赵鹏也能真诚些，不撒谎说去火车站接朋友，而坦率地说自己还要在这条街上办点儿事，哪会有如此的尴尬呢？倘若心无芥蒂，两人又怎会变成熟悉的陌生人呢？

（吴　迪）

真正的信任是建立在彼此真诚的基础之上的，是发自内心的一种情感，而不是挂在嘴边的一句客套话。彼此信任的人不需要伪装，因为真正的信任是连接心灵的纽带，而虚假的信任是越吹越大的气球，终究会胀破。

待人要厚道

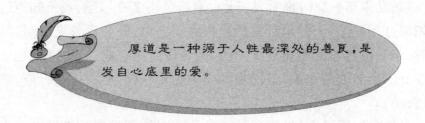

厚道是一种源于人性最深处的善良，是发自心底里的爱。

　　10 年的教学经验，使我有足够的自信可以摆平课堂上出现的任何意外。这次也不例外。

　　这堂课上的是汉朝乐府诗《孔雀东南飞》。正当我把那凄婉的爱情故事、优美的诗句演绎得丝丝入扣的时候，忽然，底下传来了不和谐的声音——叭、叭。我知道，又是哪个调皮鬼在剪指甲了。

　　如果是在前几年，我会理所当然地认为这种行为是对我课堂权威的挑衅。但是现在，我知道，这与我本人的自尊毫无关系，只不过是几个把考大学当成神话故事的小子打发时光的无聊举动而已。

　　于是，我轻轻地咳了一声，然后稍微停顿了一下——10 秒钟。时间不能太长，太长了会影响课堂的节奏；也不能太短，太短了不容易引起学生的警觉，起不到警示作用：我自信这一点我拿捏得恰到好处。

　　课文在我的操纵之下很流畅地继续下去，这才是一名有经验的教师驾驭课堂能力的主要体现。可令我意想不到的事发生了：3 分钟后，"叭叭"的声音又重新响起，而且还伴随着几个女生的"吃吃"笑声。很明显，课堂秩序已经受到了影响，再不制止，范围恐怕会越来越大。于是我抬高了声音，一字一顿地说："剪指甲的同学，你站起来。"学生们愣了一下,然后是一阵沉默。我又重复了一遍:"剪指甲的同学,请你站起来!"仍旧是鸦雀无声。于是我说:"既然如此,那好吧,先把这事查明白了,我们再接着上课。"我转身走向门口,把视线转向室外,一动不动了。

必须清楚,在这种情况下,用摔门而出来表示心中的愤怒是最愚蠢的做法,其结果可想而知:教室里嘈杂 10 分钟后,班长会带着犯错误的同学到办公室去道歉,在朝他们发一通火之后,还得回到教室继续你的课。面子是挽回了,可课堂已被搅得一塌糊涂。更重要的是,你丢掉了最宝贵的东西——宽容,"这个老师小肚鸡肠"的看法可能会使你跟学生在以后的日子里很难融洽地合作下去。达到对他们进行惩戒的目的同时,还要表现自己的宽容与大度,这才是明智之举。我深谙此道。

果然,静静地过了两分钟后,正如我所预料的,我身后响起了轻轻的脚步声,我知道:我赢了。

"老师,对不起。"听到一声道歉,我及时地转过身去,看到的却是晓燕一张文静而平和的脸。这怎么可能?怎么会是她呢?她可是团支书、语文科代表,是老师心目中最放心的好学生啊。我压住心中的惊异和不满,深深地瞪了她一眼,没做丝毫的批评,只冷冷地说:"回去!——我们继续上课!"

下课之后,晓燕跟了出来。我打断了她要进行的解释:"过去的不必解释,我可以原谅你。记住,下不为例!"晓燕怔了怔,终究没有说什么,仍旧像以往一样,点头,鞠躬,然后转身回去。

应该说,事情完全是按照我的设计进行的,可心里却隐隐约约感到有点儿堵得慌。思忖再三,我恍然大悟:犯了错误的晓燕并没有像以往的学生那样诚惶诚恐,面对我的宽容也没有表现出过分的感激涕零,正是她的这种稳重、镇定和平和反而给了我很大的心理压力。原来自己的内心深处还是很虚荣的,我自嘲地摇了摇头。

说实话,如果不是三年之后的偶然相遇,这件事恐怕会在我的脑海里永远地潜伏下去了。已读大三的晓燕成熟了许多,然而那举手投足间表现出的稳重与平和却一如既往。寒暄过后,我们共同忆起了这段往事。我说,她听,脸上始终挂着微笑。直到最后,她才缓缓地说道:"对不起,刘老师,本该早向您解释的。那天其实是我后位的项兵……"

我一呆，说："那你……"

"我只是想，如果没有人出来承认，您会很生气的。而项兵，您知道，他正在留校察看期间，班主任说再有一次违纪，他就会被开除的。所以我……"

我只觉得脸烧得厉害。一直以来，我都为自己得体的为人处世而自我标榜，可现在面对着时时微笑着的晓燕，我却真的感到一种威压，甚而至于要榨出皮袍下面藏着的"小"来。

"……后来，项兵专门为这件事向我承认了错误，以后也很少违反纪律……"晓燕还在说着，但我对具体的细节已没有多大的兴趣了。我想，虽然我是她的老师，而我课讲得好也是公认的，但在这件事上，晓燕成了我的老师，她教给我的，将使我终身受益。我真正懂得了到底什么才是真正的厚道：它不是刻意地施舍或者滥充好人，也与所谓处世技巧没多大关系；厚道是一种源于人性最深处的善良，是发自心底里的爱。

（刘志洲）

沟通悟语

大千世界，芸芸众生，人与人之间难免会出现像唇与齿的磕碰、锅与勺的碰撞，难免会遇到意见的分歧或争执。每到这时，只有以宽宏的肚量、热忱的姿态面对，才能得以圆满地化解彼此间的冰冻。

宽容与友善

我不知道该说什么。我的愤怒、我的狭隘、我的孩子气的行为在他的谦卑面前是那样的微不足道。

当营业部经理时,我和一个雇员不和。我不喜欢她的目中无人,并决定找她谈谈。为了避免当众争吵,我打算在家中给她打电话。"我是否要解雇她?"翻着雇员卡,我若有所思。突然,9年前发生的一件事闯入我的脑海。

那时,我干着一份全日制工作,以资助丈夫迈克完成学业。终于,他毕业的日子要到了。我们的父母将从州外赶来参加他的毕业典礼,而我也为那天做了许多计划。比如,毕业典礼后,去吃冰淇淋,然后去镇里潇洒一回。

我兴高采烈地跑进我工作的那家书店。"我要在感恩节后的那个星期六休假,"我向老板宣布,"迈克毕业了!"

"对不起,玛丽,"老板说,"假日后的周末是我们最忙碌的时间,我需要你在这儿。"

我无法相信老板会如此不通情理。"可迈克和我等这天已经等了5年了啊!"我辩解说,声音因激动而发颤。

"当然,我不会在毕业典礼时,给你安排活儿。"他说。

"我根本就不能来,罗斯,"我的脸因发怒而绷紧,"我不会来的!"

我咆哮着冲了出去。

后来的那些天，我对他都不理不睬。他问我话时，我也只是三言两语冷漠地应答。

我们的关系越来越紧张，虽然罗斯看起来依旧热诚，而且常常是笑脸相迎，可我知道他心里不舒服，而我也铁了心，一定要请一天假。

我们就这样冷战了几个星期。一天，罗斯问我是否愿意和他单独谈谈。于是，我们去阅览区坐了下来。我盯着自己的脚，告诫自己无论发生什么都要坚强地承受。显然，老板想解雇我。他不可能任我这样轻视他而无动于衷。毕竟，他是老板，而老板总是对的。

当我不屑地冷冷地扫视他时，我惊讶地看到他眼中受伤的表情。"我不想在你我之间存有任何的怒气和不快，"他平静地说，"你可以在那天休假。"

我不知道该说什么。我的愤怒、我的狭隘、我的孩子气的行为在他的谦卑面前是那样的微不足道。"谢谢，罗斯。"我终于"挤"出了一句话，我不会忘记这事的。

现在，这段往事又跳回我的脑袋里。我怎么就忘了罗斯对我的友善呢？在过去几天里，我怎么就没有能把这种友善传递出去呢？

我从雇员卡中拿出雇员的卡片，拨打了她的号码，并向她道歉。挂电话时，我们的关系已和好如初了。

上帝有办法把我们从人生中学到的东西深藏于我们心灵深处，并在需要的时候，让它们浮现出来。而且她也让我明白，有时候，对人友善比坚持"正确"更重要。

（霍一峰）

沟通悟语

宽容别人对我们来说并不容易，但也不困难，关键要看自己的心灵如何进行选择。如果我们选择了仇恨，那么我们的生活将在黑暗中度过；如果我们选择了宽容，从此放弃仇恨的包袱，赠以对方一个甜美的微笑，对方将会把阳光洒向大地，而我们也收获了一份心灵的感动。

宽容别人就是宽容自己

学会宽容别人，就等于学会善待自己。

德国青年卜劳恩，又一次失业了。满大街地走了一天，依然没有找到工作。情绪极度低落的卜劳恩去酒吧坐了半天，直到将身上最后一块钱换了酒喝下肚后，才拖着疲惫的身躯回到家。

可是，家里也不是天堂，他寄予厚望的儿子克里斯蒂安并没有给他争气，他的成绩单居然比上学期还退步了。他狠狠地瞪了克里斯蒂安一眼，再也不想跟他说话，便回到自己的房间呼呼大睡起来。

当卜劳恩醒来的时候，已是第二天早上。他习惯性地拿起笔补写昨天的日记：5月6日，星期一，真是个倒霉的日子，工作没找到，钱也花光了，更可气的是儿子又考砸了，这样的日子还有什么盼头？

卜劳恩来到小房间，打算叫儿子起床，但克里斯蒂安早已经自己上学去了。就在此时，卜劳恩突然发现，克里斯蒂安的小日记本忘记锁进抽屉了，于是便忍不住好奇地看了起来：5月6日，星期一，这次考试不太理想，但当我将这个消息告诉爸爸的时候，他却没有责备我，而是深情地盯着我看了一会儿，使我深受鼓舞。我决定努力学习，争取下次考好，不辜负爸爸的期望。

怎么会是这样呢，自己明明是恶狠狠地瞪了儿子一眼，怎么就变成深情地盯着他看了呢？卜劳恩好奇地翻开了克里斯蒂安以前的日记：5月5日，星期天，山姆大叔的小提琴拉得越来越好了，我想，有机会我一定要去请教他，让他教我拉小提琴。

卜劳恩又是一惊，赶紧拿起自己的日记本来看：5月5日，星期天，这个该死的山姆，又在拉他的破小提琴，好不容易有个休息日，又被他吵得不得安生。如果他再这样下去，我非报警没收了他的小提琴不可。

卜劳恩跌坐在椅子上，半天无语。他不知道自己从什么时候起，竟然变得如此悲观厌世、烦躁不堪，难道自己对生活的承受力还不如一个小孩子吗？

从此，卜劳恩变得积极和开朗了起来。他日记里的内容也完全变了：5月7日，星期二，今天又找了一天工作，虽然还是没有哪家单位肯聘用我，但我从应聘的过程中学到了不少东西。我想，只要总结经验，明天我一定能找到一份满意的工作。5月8日，星期三，我今天终于应聘成功了，虽然是一份钳工的工作，但我想，我一定能成为世界上最出色的钳工。

他，就是德国漫画巨匠埃·奥·卜劳恩。

卜劳恩1903年3月18日生于德国福格兰特山区翁特盖滕格林村，曾经在工厂当过钳工，给报刊画过漫画，为书籍画过插图。而最广为人知的是他的连环漫画《父与子》。

《父与子》的素材，大多来源于他和儿子克里斯蒂安在一起的日子。卜劳恩所塑造的善良、正直、宽容的艺术形象，深深打动了全世界读者的心。《父与子》被人们誉为德国幽默的象征。

后来有人采访卜劳恩时问他："听说是一本日记造就了您今天的大师成就，这是真的吗？"

卜劳恩说："是的，确实是因为一本日记，但需要申明的是，那个大师不是我，真正的大师是我的儿子——克里斯蒂安。"

沟通悟语

如果你的生活总被怨恨包围，如果你的心情总得不到自由地舒展，那么，你该学习如何宽容处世。实际上，学会宽容别人，就等于学会善待自己，因为宽容让我们从黑暗中走向光明，使我们的心灵从此获得一份宁静与平和，使身心获得自由和解放，还自己一份心灵的纯净。

宽　恕

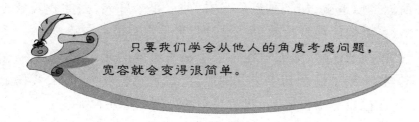

只要我们学会从他人的角度考虑问题，宽容就会变得很简单。

我的爸爸是任何人都会引以为荣的人。他是位名律师，精通国际法，客户全是大公司，因此收入相当好。

我是独子，当然是集宠爱于一身，爸爸没有惯坏我，可是他给我的实在太多了。我们家很宽敞，也布置得极为优雅。爸爸的书房是清一色的深色家具，深色的书架、深色的橡木墙壁、大型的深色书桌，书桌上造型古雅的台灯。爸爸每天晚上都要在他的书桌上处理一些公事，我小时常乘机进去玩，爸爸有时也会解释给我听他处理某些案件的逻辑。他的思路永远如此合乎逻辑，以至我从小就学会了他的那一套思维方式，也难怪每次我发言时都会思路很清晰，老师们当然一直都喜欢我。

爸爸的书房里放满了书，一半是法律的，另一半是文学的。爸爸鼓励我看那些经典名著，因为他常出国，我很小就去外国看过世界著名的博物馆。我隐隐约约地感到爸爸要使我成为一位非常有教养的人，在爸爸的这种刻意安排之下，再笨的孩子也会有教养的。

我现在是大学生了,当然一个月才会和爸妈度一个周末。前几天放春假,爸爸叫我去垦丁,在那里我家有一栋别墅。爸爸邀我去海边散步,太阳快下山了,我们在一个悬崖旁边坐下休息。

我提起社会公义的问题,爸爸没有和我辩论,只说社会该讲公义,更该讲宽恕。他说:"我们都有希望别人宽恕我们的可能。"我想起爸爸也曾做过法官,就顺口问他有没有判过任何人死刑。

爸爸说:"我判过一次死刑,犯人是一位年轻的原住民,没有什么常识,他在台北打工的时候,身份证被老板娘扣住了。其实这是不合法的,任何人不得扣留其他人的身份证。他简直变成了老板娘的奴工,在盛怒之下,打死了老板娘。我是主审法官,将他判了死刑。事后,这位犯人在监狱里信了教,从各种迹象来看,他已是个好人,因此我四处去替他求情,希望他能得到特赦,免于死刑,可是没有成功。

"他被判刑以后,太太替他生了个活泼可爱的儿子,我在监狱探访他的时候,看到了这个初生婴儿的照片,想到他将成为孤儿,我伤感不已,由于他已成另一个好人,我对我判的死刑痛悔不已。

"他临刑之前,我收到一封信。"爸爸从口袋中,拿出一张已经变黄的信纸,一言不发地递给了我。信是这样写的:

法官大人:

谢谢你替我做的种种努力,看来我快走了,可是我会永远感谢你的。我有一个不情之请,请你照顾我的儿子,使他脱离无知和贫穷的环境,让他从小就接受良好的教育,求求你帮助他成为一个有教养的人,再也不能让他像我这样,糊里糊涂地浪费了一生。

我对这个孩子大为好奇:"爸爸,你怎么样照顾他的?"爸爸说:"我收养了他。"

一瞬间,世界全变了。这不是我的爸爸,他是杀我爸爸的凶手,子报父仇,杀人者死。我跳了起来,只要我轻轻一推,爸爸就会跌到悬崖下面去,摔得粉身碎骨。可是我的亲生父亲已经宽恕了判他死刑的人,坐在这里的,是个好人,他对他自己判人死刑的事情始终耿耿于怀。我的亲生父亲悔改以后,仍被处决,是社会的错,我没有权利再犯这种错误。

如果我的亲生父亲在场,他会希望我怎么办?

我蹲了下来,轻轻地对爸爸说:"爸爸,天快黑了,我们回去吧! 妈妈在等我们。"爸爸站了起来,我看到他眼旁的泪水,"儿子,谢谢你,没有想到你这么快就原谅了我。"我发现我的双眼也因泪水而有点儿模糊,可是我的话却非常清晰:"爸爸,我是你的儿子,谢谢你将我养大成人。"

海边这时正好刮起了垦丁常有的落山风,爸爸忽然显得有些虚弱,我扶着他,在落日的余晖下,向远处的灯光顶着大风走回去。

沟通悟语

　　宽容是一种智慧,一种气度。世上永远没有不长杂草的花园,人与人之间也总会有各种各样的摩擦。有杂草我们要学会整除,有摩擦我们要学会调和。只要我们学会从他人的角度考虑问题,宽容就会变得很简单。

宽容的力量

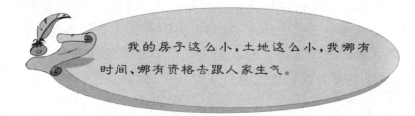

我的房子这么小,土地这么小,我哪有时间、哪有资格吉跟人家生气。

在古老的西藏,有一个叫做爱地巴的人。每次生气和人争执的时候,他都以很快的速度跑回家去,绕着自己的房子和土地跑三圈,然后坐在田地边喘气。爱地巴工作非常努力,他的房子越来越大,土地也越来越广,但不管房子、土地有多大,只要与人争论生气了,他还是会绕着房子和土地跑三圈。爱地巴为何每次生气都这样做呢?

　　所有认识他的人,心里都疑惑,但是不管怎么问他,爱地巴都不愿意说明。直到有一天,爱地巴很老了,他的房子和土地也已经很广大,他又柱着拐杖艰难地绕着土地跟房子,等他好不容易走三圈,太阳都下山了。爱地巴坐在田边喘气,他的孙子在身边恳求他:"阿公,你已经年纪大了,这附近的人也没有人的土地比你更大,您不能再像从前一样,一生气就绕着土地跑啊!您可不可以告诉我,为什么您一生气就要绕着土地跑上三圈?"

　　爱地巴禁不起孙子恳求,终于说出隐藏在心中多年的秘密,他说:"年轻时,我一和人吵架、争论、生气,就绕着房地跑三圈,边跑边想,我的房子这么小,土地这么小,我哪有时间、哪有资格去跟人家生气。一想到这里,气就消了,于是就把所有时间用来努力工作。"

　　孙子问到:"阿公,你年纪大了,又变成了最富有的人,为什么还要绕着房地跑?"

　　爱地巴笑着说:"我现在还是会生气,生气时绕着房地走三圈,边走边想,我的房子这么大,土地这么多,我又何必跟人计较?一想到这儿,气就消了。"

沟通悟语

　　宽容是人类的一种美德。如果我们不能以善良、忍耐和宽容的心情来包容这个世界,我们的内心将永远是忧伤和哀叹。当一只脚踩到了紫罗兰的花瓣上,我们的鞋底却留有花的香味,这是花瓣对我们的宽容。宽容别人,善待自己。

倾听是沟通的关键

让小学生学会与人沟通的 100 个故事

　　曾经有个小国的人来到中国，带来三个一模一样的金人说要进贡，但前提要皇帝回答："这三个金人哪个最有价值？"皇帝想了许多办法，请来珠宝匠称重量、看做工，都没有发现差别。正在皇帝为难时，睿智的宰相，拿着三根稻草，插入第一个金人的耳朵里，这稻草从另一边耳朵出来了；第二个金人的稻草从嘴巴里直接掉出来；而第三个金人，稻草进去后掉进了肚子，什么响动也没有。宰相说："第三个金人最有价值！"使者默默无语，答案正确。

　　最有价值的人，不一定是最能说的人。老天给我们两只耳朵一个嘴巴，本来就是让我们多听少说的。善于倾听，是沟通的第一前提。

倾听是最好的沟通方式

倘若，你能让谈话人觉得，他很受你的关注和尊重，而且他很乐于和你交谈，那么恭喜你，你已经初步具备倾听这个能力了。

斯帕克斯是纽约的一家标志性餐厅，许多富翁、权贵和名人都经常光顾这里。这天晚上，光临这里的最耀眼的一位人物是王牌大律师大卫·伯依斯，他刚代表美国司法部就控告微软违反托拉斯案做过精彩辩论，在业界广聚影响。伯依斯到来后径直走向了凯文所在的餐桌前，他和凯文因为以前的案子而相互熟悉。

伯依斯加入到了凯文和汤姆的行列，三个人一起品酒聊天。几分钟后，凯文站起身来，到外面接电话去了。餐桌前只剩下伯依斯和汤姆两人，两人以前从未见过面，彼此都非常陌生，但伯依斯并没有离开，而是整整和汤姆聊了半个小时！汤姆后来对我说："伯依斯先生真的是大家风范。他和我素昧平生，而且又是红透半边天的大牌律师。他根本不需要陪我聊那么长时间。实话实说，我并不是为他过人的智慧、尖锐的言辞或者吸引人的轶闻趣事所折服，他给我印象最深的，是他每问一个问题，都在静心地等待我的回答。他不只是在听，他还使我觉得，整个餐厅似乎只有我一个人！"

汤姆的最后一句话极其完美地描述了倾听和听的差别。当凯文因故离开后，伯依斯留了下来，并给汤姆留下了长久的良好印象。尽管他们两个都是律师,但名气、资历、影响力都相差甚远,将来有一天汤姆能帮上伯依斯的可能性几乎为零。因此,很显然,伯依斯的目的并不在此。他显示兴趣,询问问题,毫不分心地倾听,这一切,只是表明,伯依斯在与人们交往中具备了一种可贵的能力或者技巧——倾听。

我不太明白,我们中的很多人为什么并不总是能够运用这种能力。当事情对我们很重要的时候,我们是能够做到倾听的。和成功人士相比,唯一的差别在于,我们不能始终如一地运用这个能力,但他们能。对成功人士而言,倾听已经成为他们的一个习惯,一种下意识的行为,他们的脑子里没有礼貌性地听一下、入神地聆听这种转换开关,他们在任何情况下都是如此。

倾听技能的90%在于听,我们最需要训练的也正是这90%——如何做到集中精力。所以,我发明了一种简单地训练我的客户倾听技巧的方法。闭上你的眼睛,慢慢地从1数到50,只有一个简单的要求:不能让任何别的想法侵入你的脑中,你必须将精力完全集中在数数上。

这个测试听起来很简单,但结果却出乎意料,我一半以上的客户做不到这一点。常常在数到20或者30的时候,那些杂七杂八的想法便侵入了脑中。要么是工作上的问题,要么是孩子的问题,甚至是昨晚吃了多少饭这个不是问题的问题。试想,一个人连听自己数到50都做不到,他又怎么能做到倾听别人的谈话呢?

如同别的训练一样,只要坚持训练,你很快就能通过这个简单的数数测验。一旦你能做到不受任何侵扰地数到50,那么你已经具备了倾听的最重要的素质——集中精力。接下来就是剩余的10%的问题了。当你再一次与人交往的时候,无论这个人是你的配偶、同事,还是一个陌生人,你都要像对待摆在你面前的你最喜欢的东西一样。同时,要借助使用这样一些小技巧:专心听,别打断;不要去完成别人的句子;不要说"我知道";如果他称赞你,只须说"谢谢你"就可以了,不要说"我不行"、"但是"、"然而"等等;不要让你的眼光转移到别的地方;提出的问题要让说话人感觉到你用心听了他所说的话。

倘若,你能让谈话人觉得,他很受你的关注和尊重,而且他很乐于和你交谈,那么恭喜你,你已经初步具备倾听这个能力了。接下来的问题只是将它发扬下去,使之最终成为你的习惯、你的下意识行为。

(尹玉生/编译)

沟通悟语

　　真正意义的"倾听",不仅是要听懂语言,理解对方的思想,体会对方传达的情感,甚至是对方都未意识到的含义。倾听,是一种看似简单却十分重要的沟通方式,它能建立起一种开放而又真诚的人际关系。

500 公里的友情

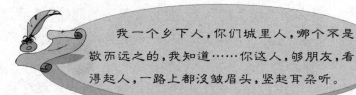

我一个乡下人,你们城里人,哪个不是敬而远之的,我知道……你这人,够朋友,看得起人,一路上都沒皱眉头,竖起耳朵听。

　　刘宏光从深圳去厦门,一个人,骑自行车。

　　刘宏光的准备工作做得很充分。提前两个月就扬言,五一期间他将踩单车去厦门鼓浪屿,问办公室有无志同道合者愿风雨兼程。遗憾,无人响应此壮举。接着,为增强体质,刘宏光坚持每天上班舍电梯而走楼梯。最后,刘宏光真跑去买了一辆山地车。

　　车行老板深知吹牛不缴税,将车的质量吹得天花乱坠,称即便骑到非洲撒哈拉沙漠都没问题。刘宏光的志向当然没那么远大,他希望屁股下的坐骑能平安无事地抵达厦门就够了。

刘宏光出发了,过惠州,才进入汕尾境内,山地车就老掉链子。是真的掉链子,加速踩几脚,"咔",链条造反了。就地取材,在路边找根棍子将链条弄回工作岗位,继续前进。用劲踩,想快跑几步,"咔",链条又蹦出来了。掉了N次后,链条彻底残疾,断了。

当时刘宏光想打道回府,可一想回到深圳,势必遭受公司男女同胞们的嘲讽,便毅然铁下心来,继续奔向未来。

刘宏光站在路边招手。80%的司机大佬视而不见,也有3个大巴车司机仁心一闪,停了车,斩钉截铁地说:"扔了你的破自行车。"自行车要占3个人的空间,横在车厢中间,还阻碍乘客上下,司机不愿意。刘宏光不干,他还指望带着这破车回深圳索赔呢。

运气不算太坏,有辆货车愿载刘宏光去厦门。司机的大脑袋出现在车窗外:"300块,到厦门。"刘宏光差点儿跳起来了,恨不能当场赠送货车司机一个大耳刮子。从深圳坐豪华大巴去厦门,才160元呢。刘宏光咆哮:"你这不是拦路抢劫嘛!"想到自己在深圳买衣服的丰富经验,刘宏光果断地挥刀砍去报价的三分之二还多,"80元。"

司机将一个手掌伸出车窗,不满:"这里到厦门,500公里呢,80块钱,你打发乞丐哪。"

刘宏光读书时,数学常不及格,但他的加减法还是过得了关的。深圳到厦门,总共才500余公里,自己甩着膀子踩了近200里路。他愤怒道:"100元!"

"200块,不走拉倒。"司机按喇叭,发动汽车,准备走了。刘宏光涨红了脸,急喊:"算了,成交。"

破自行车扔进货车厢内,人钻进驾驶室和司机平起平坐,刘宏光将一颗悬到半空的心放回原处。

刘宏光问:"老板,你贵姓?"

司机懒得理他,目不斜视,专心开车。车开得快,好似载了军火撒开脚丫子奔前线。

刘宏光不罢休,问:"老板,你是哪里人?"

司机闭着嘴巴,摁喇叭,一只狗横穿公路,夹起尾巴快些逃跑了。

刘宏光叫苦不迭,撞上一个闷葫芦啊,这一路上,乏味。

沉默,沉默,沉默。

刘宏光打起瞌睡来。一个急刹车,刘宏光的身子往前一倾,脑门差点儿与挡风玻璃来一番亲密接触。睁眼,恼火,又是一只狗,毛茸茸的白色京巴狗,吓得屁滚尿流地溜之大吉。一个肥胖的女人,指着车,嘴唇飞快地开、关,肯定是在破口大骂。

情不自禁的,刘宏光叹口气:"唉,你们当司机的,不容易……"

刘宏光没料到,就是这句话,竟敲开了司机紧锁的牙关。刘宏光更没料到,司机的嘴巴一旦开了闸,就如滔滔黄河水,奔流不息。

司机说,有回不小心轧死一只野猫,被一帮路人围住,硬是敲诈去900元。说该猫是世界名猫,更"不幸"的是,它的肚子里怀着一群名猫。

还有一回车开得好好的,一旁冲出一辆歪瓜裂枣的烂车,故意靠过来,擦了,高价索赔。

司机说,路边扬手搭便车的人多,可没准那人上了车,就摸出一把刀。

司机说,开车这一行,难混,起早摸黑,又累又苦,家里人跟着提心吊胆,哪天回家晚了,拼命压制,却又拼命往车祸上联想。

司机说……

司机越往后说,刘宏光的脑海里就越像洪湖水,浪打浪。接下来,竟有点儿肃然起敬了。到最后,在心里却又隐隐约约生出些厌倦了。

车到汕头,停车吃饭,司机继续他的长篇大论。听司机上下嘴唇没休息地翻飞,刘宏光不停点头、附和。以往热衷于在他人面前逞口舌威风的刘宏光,第一回"虔诚"地当起听众来。

吃饱喝足,刘宏光有心建议采取 AA 制,还没说出来,司机去卫生间放了一泡水,顺便将账结了。

重新出发,司机自告奋勇开始了个人的"忆苦思甜会"。司机姓肖,陕西汉中人,14 岁开始学开车,高歌猛进,一下子,开了 18 年还没歇手。翻过车、撞死过一头不守规矩在马路上散步的猪、遭遇过抢劫犯、帮人偷运过走私的摩托车零件……现在在福建泉州,承包了一位亲戚的朋友开的货运公司的一辆货车。

讲到开心处,又放开嗓门,哈哈笑;讲到伤心处,肖司机唉声叹气。刘宏光跟着笑,跟着叹气——坦白说,刘宏光是在无奈地演出自己的欢笑与感慨。刘宏光对司机说的所见所闻所想愈来愈不感兴趣了，可又不敢断然拒绝，请司机闭上嘴，因为他担心司机将他赶下车去。半途，前不着村，后不着店，那他唯有干瞪眼。

到厦门，已是傍晚，司机没顾得上卸货，又领着刘宏光进了饭馆。

饭桌上，刘宏光掏出 200 元，递给肖司机。肖司机瞪眼，推开刘宏光的手。

刘宏光再次叫苦不迭，惨了，司机要涨价了。不料肖司机吼他："你这不是埋汰我嘛，你把我当什么人了？"

"起初我要收你路费，是因为我和你是陌生人，不认识；现在，我们是朋友，哪能收你钱……一路上痛快，好痛快，到福建来足足 4 年了，就今天一路上说了个痛痛快快！从没人耐心听我这么一路聒噪不休哩，四周的人全都脚步匆匆，忙啊，忙！即便是谁有闲时听我瞎摆龙门阵，他们也没兴趣哩；即便有人有兴趣听我的故事，我也未必愿意。我一个乡下人，你们城里人，哪个不是敬而远之的，我知道……你这人，够朋友，看得起人，一路上都没皱眉头，竖起耳朵听。"

刘宏光哭笑不得，朋友原来还可以这么结交！毫无声张地，肖司机又一次悄悄付账，算是再次请刘宏光吃喝了一顿。

何等幸福的时光，没掏一分钱？还白吃白喝两餐美味，刘宏光一路顺风，抵达厦门。

末了，肖司机拍拍刘宏光的肩膀，说声谢谢，说声再见，走了。他还得赶时间回泉州，手机一响再响，有人咋咋呼呼吆喝他，一车佛香等着他运往浙江温州。

瞅着肖司机的货车扬长而去，刘宏光忽然觉得自己挺无耻，因为自己一路上担任的并非真诚的听众，而是迫于无奈。这陕西司机，只知姓肖，名还未打听到哩。

刘宏光从厦门回深圳，没弄虚作假，吹自己果真勇敢地骑车，光荣抵达厦门，而是坦白交代，搭了顺风车。刘宏光又格外得意，宣布自己的厦门之行，最大的收获并非看到了鼓浪屿风光，而是拦路截取了将近 6 小时，长达 500 公里的友谊。

刘宏光用自己铁的事实总结出两条真理：其一，聆听值千金，聆听者比一个擅长滔滔不绝的演讲者更易获得厚重的情谊；其二，某时偶尔遇到的，只有一段路程的友谊，带给人的欢喜，带给人的思考，比半辈子或一辈子的友谊，可能更有分量。

（蔡　成）

放慢脚步，聆听别人的心音

> 其实很多时候，很多人需要的只是我们能够微笑着耐心听完他们的话。也许这份耐心，就能令他欣喜若狂，成为他们开始新生活的最大鼓励。

　　去年7月，我去上海玩了3个月。回家乘的是一列特快车，经过一天一夜的长途跋涉，我有气无力地靠在座位上胡乱地发手机短信。

　　凌晨时，到了一个小站，一个闷声闷气的粗嗓门吓了我一跳："同志，请让一下！"我尽可能地将身子挪了一下，粗嗓门便一屁股把座位坐得震山响。我漠然地打量他，这是一个大约30岁的粗壮男人，背了一个重量不亚于我体重的大黄包,穿着俗气无比的黄褂子和黑布鞋。

我发完了短信,轻轻将眼睛闭上。"同志,你……你是湖南人吧,我没猜错吧?"粗壮男人呼哧呼哧将他的大包塞好后,用没有一点儿语调的声音直着嗓子问我。我睁开眼睛,着实有些吃惊。我不习惯在公共场合跟一个陌生男子交谈,况且我和他显然不会有什么共同语言。于是,我迟疑了一下,很不自然地回答了他:"是的。""你有二十出头?"粗壮男人听了我的回答非常兴奋,满足地笑起来,又小心翼翼地扭过头来继续猜测:"还在读书?""我已经毕业了,我在网络公司工作。"我用普通话回答他。从我的语气里,不难听出我对他的厌烦和"到此为止"的暗示。

可是他却像孩子一样更加兴致勃勃,甚至带着一点儿巴结的口吻,滔滔不绝地说起来。一会儿是他的邻居,一会儿是他年轻时的铁哥们儿。我根本就没有心思听,我觉得他说的好像是很久以前的事情了,断断续续没有中心。我不得不开始怀疑他和我说话的动机了。骗子?人贩子?流氓?刚开始我还有点儿礼貌地动动自己的手指向他示意我在听,显示着自己的优雅。可是他越说嗓门越大,并且越说越乱,很多人开始往这边儿看,我不禁有些厌恶地把脸转向窗外。过了一会儿,他忽然问我:"姑娘,你说我说得对吗?"

我终于愠怒地把脸转回去低声说:"你有病哦!"

他愣了一下,马上闭上了嘴巴,眼神像受了委屈的孩子一般黯然失色。沉默了大约10分钟,他才开口:"姑娘,我坐了8年牢,今天刚出狱……你是第一个跟我讲话的人。"说完他很自然地低下头,然后一言不发了。

我的心像被什么猛地撞了一下,坐在原处的身体晃了晃同时不知道该对他说什么好。我真的希望他能像刚才那样孩子气地和我说下去,虽然举止自卑却掩盖不了一脸的兴奋。

直到下午,粗壮男人的头都一直低着。我想了很多办法企图打破沉闷,但是他都不再接我的话。我的心情一直不能平静,也就只好沉默着看着他沉默。晚上,火车在一个大站停下来,他好像到站了。他站起来开始清理他的行李。当他背上那个大黄包准备转身的时候,忽然看了我一眼,然后就转身下车了。

看着他的背影,愧疚像藤蔓一样缠绕得我几乎窒息。对于一个8

年不曾呼吸自由空气的男人，我无从猜测他心底敏感、脆弱和感恩的程度。也许，就像每一个人的心灵深处都有那么一点儿不易被察觉的疼痛之处，都渴望别人的一句哪怕简简单单的关怀一样，他更加渴望温暖和友好。可是却没有人能注意到他的悲喜。

其实很多时候，很多人需要的只是我们能够微笑着耐心听完他们的话。也许这份耐心，就能令他欣喜若狂，成为他们开始新生活的最大鼓励。

（风荧子）

沟通悟语

聆听别人的心音，给予你不相识的人一定的同情、理解和宽容，你的世界会变得很幸福和充实。希望得到温暖的人，首先要把自己看成是可以为别人燃烧的火种，当你温暖别人并且照亮自己内心的时候，你才真正地能够拥有开心和快乐。

小伙子真会说话

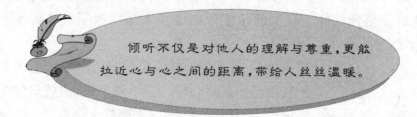

倾听不仅是对他人的理解与尊重，更能拉近心与心之间的距离，带给人丝丝温暖。

周日下午，为消除写稿的疲劳，我下楼到小区里散步。小区中间有一排石凳，我就坐了下来，旁边有一位老大娘，鬓角的头发已经花白。

尽管和大娘不算太熟,但在平时的上下班中也见过几次面。

大娘看了我一眼说:"你也在这个小区里住吧?"我点点头。

大娘又说:"我说看着这么眼熟呢,在哪上班啊?"我说:"在一家杂志社。"

"好啊,还是个文化人。"

就这样我和大娘聊起来,更确切地说,是她一个人在自言自语,因为大娘滔滔不绝,我根本就插不上话。她从自己的童年谈到工作,从工作谈到婚姻,又从老伴儿女谈到柴米油盐。我只是微笑地看着她,适当地点点头,或者附和一声:"是吗?""对啊!"从话语中我知道大娘的儿女都不在身边,平时很少有人和她聊天,所以我能理解她想找人交谈的欲望。况且我也没有什么事,从大娘以往的经历中也许还能学点儿东西。

天擦黑的时候,大娘才打住话匣子说:"哎呀,小伙子,我得回家给老头儿做饭了,你看聊着聊着就把时间忘了。"

我说:"是啊,我也得回去了。"

大娘临走前说:"今天聊得真开心,你这个小伙子真会说话。现在像你这样懂事的小伙子不多了。"我对大娘说:"以后有时间再聊。"看着她渐渐远去的背影,我愉快地笑了。

其实,从头至尾我都没有说过一句完整的话,我只是微笑地看着大娘,认真地听她说,适时地点点头,结果却令大娘这样愉快,还赢得了她的好感。看来每个人都有倾诉的渴望,每个人都希望自己的话能被人专注地倾听。

倾听不仅是对他人的理解与尊重,更能拉近心与心之间的距离,带给人丝丝温暖。

(吕清明)

沟通悟语

越是善于倾听他人意见的人,与他人的关系就越融洽。因为倾听本身就是褒奖对方的一种方式,你能耐心倾听对方的谈话,等于告诉对方"你是一个值得我倾听的人"。学会倾听,你甚至能从谈吐笨拙的人那里得到收益。

最美丽的路

人生道路上，善于倾听他人的劝导，有助于帮助我们找到那条美丽的路，路的尽头就是成功的殿堂。

　　她是一个美丽的女子，早年留学美国，研修法学。在大学里，她以善于服装搭配而名扬校园，很多女同学都来向她讨教着装之术。

　　1993年夏天，她利用暑假到香港游玩，与她同行的是少女时代的闺中密友小A，小A是个日本留学生。二人在香港这个国际"购物大天堂"疯狂地购买各色物品，当然，最多的还是各式各样的服装。

　　回到宾馆后，小A对她提出了尖酸的批评："你也太不会挑选衣服了，买的这些衣服与自己的肤色很不相配。你看，你的头发是黄的，眉眼是黄色，属于秋色系，而你买的这些衣服要么是蓝的，要么是白的，清一色的冷色调，与你的肤色很不谐调。买衣服不仅要看做工、质地、款式等，最重要的还要看色彩与肤色是不是相吻合。"自己在美国是同学眼中的"服装搭配女神"，没想到现在却成了好友无情嘲笑的对象，她听后很不舒服。

　　二人不欢而散。

　　临上飞机，她收到小A带给自己的一本英文专业书籍Color Me Beautiful，她随便一翻，立即为之着迷，想不到色彩居然有这么多学问。她深深地迷恋上了美丽的色彩世界。

为了寻找色彩之美，她弃法从色，赴色彩学最为发达的日本，潜心学习色彩，开始步入人生最美丽的路。1998 年，她回到北京，在繁华的王府井商业街开设了中国第一家色彩工作室——西蔓色彩工作室。亲爱的朋友，想必你已经猜出来了，她就是我国第一位国际色彩顾问西蔓女士。

人生道路上，善于倾听他人的劝导，有助于帮助我们找到那条美丽的路，路的尽头就是成功的殿堂。

（陈志宏）

"上帝给了我们两只耳朵，却只给我们一张嘴巴，意思是要我们多听少说。"成功者往往都是善于倾听他人的意见的人。学会倾听不仅能够加深彼此的感情，而且能够及时地把握对方的信息，弥补自己的不足，不断完善自己。

一则未发出的讣告

那位资深记者微笑着拍了拍我的肩："但是你的倾听中没有冷漠和机械，却多了一份细致和善良！"

那年秋天，我大学毕业，兴高采烈地步入社会：去《博林顿日报》做实习记者。因为是新手，我只能报道儿童拼写比赛、婚嫁和讣闻。平淡如水的日子里，我对那些冲锋陷阵，冒险抢下重大新闻的冠冕之王羡慕不已，尤其是每月获得"最佳记者奖"的同事，他们的经历充满了刺激、惊险和耀眼的光辉，与我的工作大相径庭。

一天下午，讣闻专线的电话铃声大作。"博林顿日报。"我拿起话筒机械地说。

"呃，你好，我……要发一个讣告。"对方似乎口齿不太伶俐。

翻开笔记本，我按部就班地问着写讣告栏目需要的信息："逝者姓名？"做了两个月的讣闻，我已经驾轻就熟。

"乔·布莱斯。"

我有种异样的感觉，因为他和其他发讣告的人不同，态度既不悲伤也不冷漠，而是一种说不出的迷茫和绝望。"死因？"我又问。

"一氧化碳中毒。"

"逝世时间？"

隔了很久，他才吃力地回答："嗯，具体时间我还不知道……反正快了。"发音愈加含糊不清。

电光石火之间，我猜到了答案，但仍故作镇定地问："您的姓名？"

"乔……乔·布莱斯。"

虽然有思想准备，但心还是狂跳不止，我一边向同事做手势，一边竭力保持冷静。"乔，告诉我，一氧化碳是从哪儿来的？"

"我拧开煤气……没点火……我很困，还有别的问题吗？"他的声音显得疲惫不堪。我知道毒气已经开始起作用了，时间紧迫。幸好编辑注意到我的手势，向这边走来。我示意他不要说话，在笔记本上颤抖地写："那人要自杀！"编辑马上会意，抄下来电显示的号码，用口型告诉我："我去报警，尽量拖延时间。"

我的神经略微松弛，大脑随即飞快转动。一台生死大戏正在上演，而我可能掌握着剧情发展的重要的一环。我若失手，故事便成为悲剧。"非常感谢您的合作，但我还需要一些信息，您愿意帮助我吗？"我用最甜美、最缓和的声调说，尽量让乔在线上多待会儿，保持清醒。我知道，一旦睡着，他就可能再也不会醒来。乔告诉我，他失业了，妻子因此离开了他。"活着……还有……有什么意思。"乔断断续续地说。

编辑向我点头，意思是警车已经出发。同事们安静而焦急地看着我。话筒那端的声音越来越难分辨。我闭上眼睛，想象自己坐在乔的对面，集中精神听他说话。1秒钟仿佛1小时那么漫长。我不时地说："乔，我在听，请继续讲。""扑通"，乔好像摔倒了，话筒中一片死寂。我攥紧拳头大喊："上帝，不要！乔，坚持住！"突然，我听到警笛声、救护车声、敲门声，随后是玻璃破碎的声音——救援人员终于赶到了。一个陌生的声音从电话里传来"我是警察。你是谁？"我把身份告诉他，然后鼓起勇气问："乔怎么样？"

"屋子里到处是煤气，十分危险，我们要马上撤出。谢谢你及时报警，病人还有救。"我挂上电话，对着编辑只挤出3个字："还有救。"顿时掌声、欢呼声从编辑部各个角落传来，我们相互拥抱、握手。

月末总结会上，总编宣布本月"最佳记者奖"的获得者是我！太不可思议了。看到我惊讶的神情，一个王牌记者说："你当之无愧。如果那天是我接电话，我肯定不会注意到乔要自杀。"

"我也没做什么呀，只不过听他说话……"

那位资深记者微笑着拍了拍我的肩："但是你的倾听中没有冷漠和机械，却多了一份细致和善良！"

（荣素礼/编译）

沟通悟语

倾听他人的心声是一种美德。要与人融洽相处，流畅地交流，必须要先学会倾听。学会倾听，能帮助你理解他人的情绪，而且还能够感受和体验到他人的内心想法。学会倾听吧，共同做一个生活的有心人。

听 的 艺 术

在你作为一个倾听者的时候，不要随意打断别人的话，更不要在别人没有把话说完的时候给予任何的回应或反驳。

美国知名主持人林克莱特一天采访一位小朋友，问他："你长大后想要当什么呀？"小朋友天真地回答："嗯，我要当飞机驾驶员！"林克莱特接着问："如果有一天，你的飞机飞到太平洋上空，所有引擎都熄火了，你会怎么办？"小朋友想了想："我会先告诉坐在飞机上的人绑好安全带，然后我挂上我的降落伞跳出去。"

当现场的观众笑得东倒西歪时，林克莱特继续注视着这孩子，想看看他是不是自作聪明的家伙。

没想到，孩子的两行热泪夺眶而出，这才使得林克莱特发觉这孩子的悲悯之情远非笔墨所能形容。于是林克莱特问他："为什么要这么做？"小孩的答案透露出一个孩子真挚的想法："我要去拿燃料，我还要回来！我还要回来！！"

你听别人说话时，你真的听懂他说的意思了吗？如果不懂，就请听别人说完吧，这就是"听的艺术"：

1. 听话不要听一半。

2. 不要把自己的意思，投射到别人所说的话上头。

（雨　佳）

在你作为一个倾听者的时候，不要随意打断别人的话，不要在别人没有把话说完的时候给予任何的回应或反驳，更不要在还未了解所有情况的时候，凭着自己的想象妄下断论。你想的未必是别人想的，以你自己的想法随意揣测别人的意图是很不礼貌的。

学 会 倾 听

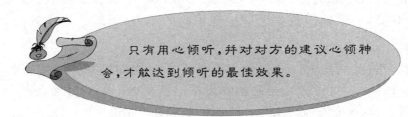

只有用心倾听，并对对方的建议心领神会，才能达到倾听的最佳效果。

　　10岁那年，我结上了一个小冤家——有个女孩老爱揭我的短处。随着时间的推移，她对我的攻击面也越来越广。她说我"骨瘦如柴"，说我"不是好学生"，说我"太顽皮"，说我"嗓门太大"，还说我"太自私"，等等。起先我尽量忍耐，但后来实在忍不下去，便眼泪汪汪地找爸爸。

　　爸爸心平气和地倾听完我的发作，接着问我："她说的是真话还是假话？"

　　怎么会是真话？我真想反问爸爸："她说的会是真话？"

　　"孩子，你想过自己究竟是怎样一个人吗？好，现在你既然已经知道那女孩对你的看法，那不妨将她说的一一列出，然后再在她说的对的项上做个记号；至于那些不对的就不必计较了。"

我按爸爸说的做了。令我大吃一惊的是：她说的话中竟有一半没有错！其中有的是我无力改变的（比如我的"骨瘦如柴"），但她所说的我的许多缺点我却完全可以克服——我突然萌发了要克服这些缺点的念头！这是我生平第一次对自己有了比较清楚的认识。

我把纸交给了爸爸，但他不打算看。"那是你自己的事，"他说，"你比其他任何人都需要更真实地了解你自己。但是，首先你得学会倾听——不要由于生气或难受而捂住耳朵。如果别人的议论没有错，那么你自会心中有数的——你的内心深处会产生共鸣的！"

"可是，她当着众人的面说我闲话肯定是不对的。"我说。

"孩子，只有一个办法使人永远不被议论和批评，那就是：什么也不说，什么都不干——当然，那不就成废人了吗？你总不想当那号人吧？"

"是的。"我不得不承认。

不久，我又经历了一次更为痛苦的教训。事情发生在我们即将登台演出的那一星期。我担任这出音乐剧的主角，因而心中充满激动和渴望。

就在演出前几天，几位朋友准备在邻近的湖畔举行一次野餐会。那是阴冷的一天，妈妈建议我待在家中以防感冒。为此，我们吵了个没完，最后在我保证不去游泳的前提下，妈妈作了让步。

然而，我的保证只不过是为了应付妈妈而已，看到人家一个个跃入水中，我的心便痒得难受，于是我穿上了运动衣，驾上一叶小舟出游了。

在我驾舟回到岸边时，几个男孩恶作剧般的猛摇我的小船，小船刚要靠岸就翻了个底朝天！为了避免落水，我纵身一跃上了岸，但脚掌却被碎玻璃划了一道深深的口子。

我没能出演主角，候补演员却获得了成功。"我确实履行了诺言，没去游泳呀！"我对爸爸说。

"可是，你妈妈的话你只听进去了一半。她真正要你保证的是'小心别感冒'——不去游泳只是保证不感冒的因素之一，难怪你倒霉了。"

我辩解说："可是所有的朋友都劝我上船去呀！"

"他们都错了，不是吗？"

倾听是一种习惯，倾听是一种尊重，倾听是一种修养。倾听并不是简单地听，它需要你用心揣摩、领会对方话语中的情绪或忠告。只有用心倾听，并对对方的建议心领神会，才能达到倾听的最佳效果。

倾诉与倾听

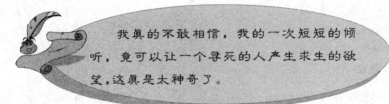

我真的不敢相信，我的一次短短的倾听，竟可以让一个寻死的人产生求生的欲望，这真是太神奇了。

小唐是我的中学同窗，他的前半生可谓命运多舛：几分之差，他与高等学府失之交臂；结婚仅仅两年，爱妻便身患绝症撒手人寰；紧接着，他所供职的单位大面积裁员，小唐首当其冲被"砸"了饭碗……一年前的一个冬夜，小唐把泡好烈性灭鼠药的杯子放在桌上，正准备告别人世时，突然想起要同我这个要好的同窗做一番临终诀别……当听到他准备在放下电话后就把那杯烈性鼠药服下时，我紧张得手足无措，不知该怎样说服他从"奈何桥"边回头，甚至想，如果能立刻生出翅膀飞到小唐身边，打翻那杯鼠药该有多好！

无计可施的我，只好耐着性子抑制住恐惧，与小唐一直聊下去。从昔日读书时的友情，步入生活后的艰辛，到如今面临的困境，以及怎样直面困境中的人生。他在用心向我倾诉，我也在用心倾听。最后，小唐颇为动情地对我说："你看，我一不小心，碰翻了桌上那个杯子……"

我真的不敢相信，我的一次短短的倾听，竟可以让一个寻死的人产生求生的欲望，这真是太神奇了。

此后，小唐几乎每个星期都打电话向我倾诉。我知道他只需要一个要好的朋友细心倾听他的诉说，而我就具备这样的耐心。后来，小唐的心胸开阔起来。他不仅拒绝了死神的拥抱，而且学会了直面多舛的人生。如今，他在一个建筑工地打工，虽苦虽累但心情不错，感到很快乐。他还高兴地对我说，多亏有了你这样一个能听我倾诉的好朋友，我才有了今天的快乐。

是啊，我们应该学会向朋友倾诉，来排解和宣泄自己的郁闷；也应该倾听朋友的倾诉，来帮助他找回好心情。如果我们在与朋友的交往中，具备一种"仁者爱人"的善良性情，既会倾诉，也会倾听，我们将尽情陶醉在友谊的芬芳之中。

（卢守义）

沟通悟语

面对朋友的倾诉，他的喜悦、忧伤和密密匝匝的心事，有时我们不必发表什么意见，他需要的可能就是忠实的听众。他只是想把自己心里的委屈和快乐倒出来，我们安静地倾听，对他来说就是最好的安慰和鼓励。

沟通中的赞赏效应

让 小 学 生 学 会 与 人 沟 通 的 100 个 故 事

"钢铁大王"卡耐基,在 1921 年付出 100 万美元的超高年薪聘请一位执行长夏布。许多记者访问卡耐基时问:"为什么是他?"卡耐基说:"因为他最会赞美别人,这也是他最值钱的本事。"甚至,卡耐基为自己写的墓志铭是这样的——这里躺着一个人,他懂得如何让比他聪明的人更开心。

赞美不仅能让人感到愉悦和鼓舞,还会令被赞美者对赞美者产生亲切感,使相互间的沟通氛围更和谐、更融洽。

贝多芬之吻

有些时候,赞扬是一种强大的推动力,它能点燃黑暗中的一截小蜡烛,在我们周围释放出耀眼而温暖的光芒。

7岁那年,爸爸要我到花园里给他帮忙。我干得很卖力,爸爸重奖了我,他给了我一个吻,并说:"谢谢你,儿子,你干得很不错!"这是我记事以来受到的第一次赞扬。它让我高兴和自豪了好一阵子。几十年过去了,爸爸的话还在我耳边回荡。

1953年,我为Deutsche留声机公司录制了我的第一张管弦乐唱片。当时我弹奏的是李斯特的两支钢琴协奏曲,为我伴奏的是世界上最好的交响乐团之一——柏林交响乐团。第一支协奏曲我童年时期就非常熟悉了,所以完成得很顺利。但是第二天,第二支协奏曲的演奏就不那么顺利了。因为我只是在录音前的一小段时间里学习了一下李斯特的《二号钢琴协奏曲》,不是很熟练,所以心里很紧张。于是我们不得不一遍又一遍地练习演奏其中特别难的一节。过了一会儿,乐团的一名乐手起身对我说:"别担心,福尔兹先生,您的第一支协奏曲演奏得非常出色,您没有必要这么紧张。我们敬仰您,支持您。"我微微一笑,又接着练习。终于,在正式录音时我一气呵成,漂亮地完成了演奏。

16岁时,由于与音乐老师发生分歧,我备受冷落,陷入了深深的个人信念危机之中。正当我孤立无援时,我遇到了著名钢琴家伊穆尔·

冯·索尔先生，他是李斯特最后一个在世的学生，每年都要到布达佩斯来讲学。为了欢迎这位伟大的钢琴家，他的崇拜者们为他举行了盛宴，像供奉神仙一样对他充满了敬意。布达佩斯的一个音乐赞助人邀请我去参加宴会并拜见冯·索尔老先生，得知这个消息，我高兴得几乎要发疯了。

宴会上，冯·索尔先生请我为他演奏一曲。我在钢琴前坐了下来，开始以C大调弹奏拜奇的《托卡塔》。他专注地听着，听完之后要求我再来一曲。我提议演奏贝多芬的奏鸣曲，他点头同意了，我便全身心投入地弹奏贝多芬的《悲怆》。当我弹完的时候，他要求我继续。于是我又弹奏了舒曼的《蝴蝶》。

当我结束演奏时，冯·索尔先生站起身走近我，在我的前额上深情地吻了吻，激动而庄重地说："我的孩子，当年我成为李斯特先生门下的学生时，也是像你这么大。在我上完第一课之后，李斯特先生吻了吻我的前额，然后说，'好好记住这个吻，这是贝多芬先生听完我的演奏之后给我的。'为了把这份神圣的遗产传给后人，我已等了许多年，现在我认为你应该得到它。"

冯·索尔先生对我的赞扬和他给我的贝多芬之吻，奇迹般地使我从对自己的怀疑和困惑中解脱出来。他帮助我成为了今天的钢琴演奏家，没有冯·索尔先生的鼓励，就可能不会有我今天的成功。贝多芬之吻帮助一个年轻的钢琴家打开了成功之门。

最近，在给一批年轻的钢琴家们上课时，我感觉他们其中有一个人很有潜力，就是自信心不足，只要我适时地推他一把，他完全可以做得更好。于是，我挑出一件他做得最好的事，当着全班同学的面表扬了他。虽然隔得很远，我仍能感受到他双眼迸发出的那种兴奋的光芒。此后，他迅速超越了自我，在极短的时间里就做到了更好，甚至连他自己也不敢相信他会有那么好的表现。寥寥数语的夸奖，就帮助他发挥了自己身上的巨大潜能，显露出了他的真正实力。

有些时候，赞扬是一种强大的推动力，它能点燃黑暗中的一截小蜡烛，在我们周围释放出耀眼而温暖的光芒。令人欣慰的是，无论什么时候，这种魔力总是屡试不爽。

（王启国/编译）

沟通悟语

　　世界上，不只是演员需要掌声，如果没有赞扬、鼓励，任何人都会丧失自信，我们大家都有一种迫切的需要，即被别人称赞、认可。没有人不会被真心诚意的赞赏所触动，因为只有真诚的赞语才能给平凡的生活带来温暖的快乐。

学会鼓励他人

　　一个坚定的手势，一个肯定的眼神，一个温暖的拥抱，几句简短的话语，便已经足够了，它对一个人的影响的确会远远出乎你的意料。

　　在亨利·福特的汽车事业刚刚开始的时候，年轻的福特就以他超人的智慧和眼光，历经辛苦，绘制出了一种新型发动机的草图。但在那个时代，绝大多数的业内人士都一致认为并坚信，电气车辆才是未来车辆的流行潮流。为此，企图改良汽车发动机的福特遭受了无数的白眼和嘲讽。得不到人们理解和支持的福特为此烦恼不已，几欲放弃。但一次晚宴上的幸遇，让他坚定了信心，并因此坚持下来，最终成为引领汽车行业前行的带头人。

　　在那次晚宴上，大名鼎鼎的大发明家爱迪生也应邀参加了。福特在餐桌上，向距离他最近的几位出席者，苦口婆心地详细讲解着自己的新发动机设想,但是他们对福特的新设想不屑一顾,对福特的发动机不感兴趣,时而交头接耳,时而嘲笑福特的异想天开。在此过程中,福特注意到,距离几把椅子以外的爱迪生也在侧耳倾听,并不断挪动椅子向他这边靠过来,最后,这位大发明家索性直接坐到福特身边,请福特画出他所设计的发动机的草图。

面对名满世界的大发明家,福特既紧张又兴奋,但他很快就镇定下来,匆匆几笔便画出了简略的发动机草图。爱迪生全神贯注地研究着这张草图,突然,爱迪生眼睛一亮,一拳重重地击在餐桌上,"年轻人——"大发明家显得格外兴奋,他双眼紧盯着草图,用异常坚定的语气对福特说,"就是它了,你已经得到它了!"

多年以后,功成名就的福特感慨万千地回忆道:"爱迪生先生击在餐桌上的那重重一拳,对我而言,它的价值等同整个世界。"就这样,从1893年汽油机试验成功到1913年福特汽车公司开发出世界第一条汽车生产流水线,爱迪生的话影响了福特整整20年。

这就是鼓励的力量!

美国著名心理学家卡瑟拉博士,曾经颇有成效地帮助过许多人走出人生的低谷,步入生活的佳境。有人问道:"卡瑟拉博士,你帮助别人,最倚重的是什么?"卡瑟拉博士毫无遮掩地公开了她的秘诀:"我使用一种奇妙无比的方法,它具有一种神奇的力量,使我能够让哑巴讲出话来,让灰心失望的人展露笑容。接受我诊治的人,无论是精神分裂症患者还是正常人,这种力量都是我所知道的所有力量中最富效果的。我把这种力量叫做'真诚鼓励的力量'。"

善于运用这种力量的人,常常能通过简单的鼓励,而获得最好的效果。一家马戏团花费巨资从德国进口了一只纯种名犬,这种犬非常聪明,再复杂的动作它也能很快掌握,是最佳的表演用犬,但它既任性又刁顽,还爱使性子。一位经验丰富的驯兽师负责驯服它,他恩威并施,食诱与皮鞭并用,都不能很好地驯服它。驯兽师非常困惑,在他手上,他曾经成功地调教出无数只表演动物,包括凶猛的老虎、强壮的大象,但面对这只名犬却束手无策。无奈的驯兽师只好向一位退休在家的老前辈请教,老前辈想了想说:"在每次你准备动用皮鞭的时候,你不妨替之以爱怜的抚摸或鼓励似的轻拍,表示对它完成一个动作的赞赏。"等驯兽师按照这样的方法去做之后,这只名犬也成了马戏团最受欢迎的演员。

看来,真诚的鼓励确实是一种神奇的力量,让我们好好地利用一下这种力量吧,这并非一件特别困难的事情。比如,一个坚定的手势,一个肯定的眼神,一个温暖的拥抱,几句简短的话语,便已经足够了,它对一个人的影响的确会远远出乎你的意料。

(尹玉生)

沟通悟语

　　鼓励的力量是巨大而神奇的。它能使人感到生活的动力和做人的价值。有时候,一句鼓励的话或者一个认可的目光,都会对一个人产生巨大的鼓舞。特别对一个遭受人生挫折的人,别人的鼓励就像一把火炬,不仅会点燃奋进的希望之光,而且还可能改变其一生的命运。

干　吧

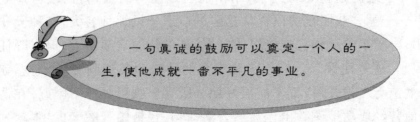

　　一句真诚的鼓励可以奠定一个人的一生,使他成就一番不平凡的事业。

　　在一次偶然的实验中,贝尔发现了一个有趣的现象:当电流接通和断开时,螺旋线圈便会发出噪声。受这启发,他便产生了用电传话的设想:"在讲话时,如果我能使电流的变化模拟声波的变化,那么用电传话不就可以实现了吗?"

一天,贝尔兴冲冲地把自己的想法告诉了几位电学家。他语气坚定地说:"我相信这是可以办到的,我一定要找出办法来!"

没想到,这几位电学家对贝尔的设想反应非常冷淡,有的人则付诸一笑。他们认为贝尔的想法不切实际,是根本不可能实现的。有一位还嘲讽说:"小伙子有这幻想,是因为缺乏电学的基本常识。"

贝尔碰了钉子,一点儿都没有泄气。他决定去华盛顿,请教著名的电学家约瑟夫·亨利。亨利是电学史上一位很杰出的人物。

1873年3月的一天午后,贝尔冒昧地来到年已古稀的亨利的寓所。亨利热情地接待了这位远道来访的年轻人。

贝尔向亨利讲述了自己的发现和用电传话的设想。他那闪闪发光的眼睛,一直注视着老科学家的表情。当看见亨利听得非常认真,还不时地微笑点头的时候,他紧张的心情逐渐变得轻松起来。他鼓足了勇气问:"先生,您看我该怎么办?是发表我的设想,让别人去做,还是我自己努力去实现它呢?"

"你有一个了不起的设想,贝尔!"被年轻人的智慧和干劲所感动的亨利鼓励他说:"干吧!"

"可是,先生,有许多制作方面的困难,"贝尔胆怯地说,"而且我不大懂得电学。"

"不大懂电学?"亨利先低声重复了一句,然后挥动右手、斩钉截铁地说,"掌握它!"

"干吧!""掌握它!"这是老一辈科学家对年轻人的发明理想的关怀和鼓励。正是这具有千钧之力的两个字——"干吧",坚定了贝尔走上创造发明道路的决心;而饱含深情的三个字——"掌握它",又为贝尔指明了实现理想的正确道路。难怪很多年以后,当贝尔回忆起终身难忘的恩师亨利时,发出了这样的肺腑之言:"没有这三个令人鼓舞的大字,我是绝对发明不了电话的。"

一句普普通通的鼓励有时可以改变一个人的一生。鼓励不是虚伪地奉承，不是夸大其辞地吹捧，也不是一味地宽容；鼓励是真诚的激励，是对别人的鞭策。一句真诚的鼓励可以奠定一个人的一生，使他成就一番不平凡的事业。

赞 赏 效 应

赞赏是对一个人价值的肯定，而得到你肯定评价的人，往往也会怀着一种潜在的快乐心情来满足你对他的期待。这在心理学上叫做赞赏效应。

华克公司在费城承建一座办公大厦，就在大厦要完工时，承包铜器装饰材料的供应商，突然以种种理由停止供应铜材料。由于缺少铜材料，只能眼睁睁地看着工程停下来。如工程不能如期完成，除了要交付巨额的罚款之外，华克公司还要承担信誉上的损失，这对公司以后的发展恐怕比罚款所带来的损失更大。

打电话，对方一味地应付；发传真，对方也不予理睬。由于当初认为大厦的铜器装饰不过只是一个很小的工程，所以，并没有与铜商签订十分严密的供货合同。没想到就是这小小的疏忽，竟然在这节骨眼儿上缚住了公司的手脚。华克公司决定派卡伍到勃洛克林市，与铜商当面交涉。

第二天上午，卡伍走进了铜商的办公室，一进门就兴奋地说："你知道吗？我在勃洛克林市发现了一个极大的秘密。"铜商瞪大了眼睛，好奇地问："是什么秘密呀？"

卡伍说："今天早晨，我翻看电话号码簿时意外地发现，在整个勃洛克林市，只有你一个人叫这个名字。看来你是一个独一无二的人啊！"铜商听后心里乐滋滋的："我还从来没注意过呢。"于是，他饶有兴趣地打开了办公桌上的电话号码簿："哈，还真是这么一回事呢！"接着，他很自豪地谈论起了他的家世。

等这个话题谈完，卡伍又说："许多人谈起你的企业都赞不绝口，说同行中你们是设备最完善的一家。"铜商笑着说："是的，这工厂的确花去了我很多精力和心血，如果你高兴的话，我愿陪你一起去看看。"

于是，他们一起来到了工厂。卡伍非常专业地指出哪些方面要比别家工厂先进，特别是对几种特殊的机器设备，更是赞不绝口。卡伍的赞赏，使铜商感到遇上了知音，他告诉卡伍，那几台机器是自己用几年的时间研制发明的，也是他的得意之作。卡伍由衷地说："我们公司能遇上像你这样既能干又智慧超群的合作者，真是我们的幸运啊！"

铜商执意要请卡伍吃午餐，卡伍也不推辞。餐后，铜商自己先笑了起来，他说："我原以为我们之间一定会爆发一场口舌之战，我也早已做好了应战的准备，没想到见面后竟然谈得如此愉快。好了，你先回费城吧，我保证你们的定货会准时送到，尽管有人等着出更高的价格要货呢。"

一位心理学家说："赞赏是对一个人价值的肯定，而得到你肯定评价的人，往往也会怀着一种潜在的快乐心情来满足你对他的期待。这在心理学上叫做赞赏效应。"

当你对某个人有意见或准备指责他的时候，你不妨试一试赞赏。首先看看你想责备的那个人，还有哪些值得敬佩和赞赏之处，然后真诚地表达出来，把你对他的批评或责备变成一种你对他的期待，并让他感到自己是一个值得你有所期待的人，你一定会收到比预想的还要好的交际效果。

（王　飙）

赞扬,是对人的美好言行的称赞与表扬,是每个人人性的一种需要,是人生的一大渴望。人都是渴望得到赞扬的,对于给自己带来悦愉的事物,人们总是格外有兴趣。我们懂得如何赞扬别人,就会得到意想不到的收获。

改变一生的四个字

戴尔凯夫坚信,如果没有当初布劳斯太太在他的作文空白处写的那4个字,那么他现在所拥有的一切都不会发生。

"真是蠢得一无是处!"大街上,一个母亲在恶狠狠地教训一个六七岁的小男孩,原因是那小孩走得离她远了些。这位母亲在说这些话时,嗓音大得足以让附近过往的行人都听得清清楚楚,而受到训斥的小男孩只好默默地回到母亲身边,低垂着头,眼睛死死地盯着地面。

这只是短暂的瞬间,然而有时候,正是这短暂的瞬间却会长久地在人们心头萦绕。有些话,也许只是说话人随口说出的,对他本人并不意味着什么,然而这些话对其他人,尤其是听话者,却往往能产生无尽的影响。"真是蠢得一无是处!"也许会长久地在听话人的耳边回荡。

我认识一个叫马尔克姆·戴尔凯夫的职业作家,现在已经48岁了,在过去的24年的作家生涯中,他取得了可喜的成绩。最后从他那里，我听到了一则关于他自己的真实的故事。

戴尔凯夫说，小时候他是个非常胆小害羞的孩子，几乎没有朋友，也没有信心，总觉得自己什么事也做不了。1965 年 10 月的一天，他所在中学的英语老师——布劳斯太太给全班的同学布置了一道作业，她要求学生们去读哈波·李的小说，然后在小说的结尾处用自己的话续写一段文字。戴尔凯夫回家后认真完成了作业，然后交给了布劳斯太太。现在他已记不起当初他写的内容和布劳斯太太给他的分数了，但他仍清清楚楚记得，并且永远不会忘记布劳斯太太在他的作文本里的空白处写的那四个字——"写得很好！"

这四个字，改变了他的一生。

"在我读到这四个字之前，我一直不知道我自己是谁，也不知道将来我能做什么，"戴尔凯夫说，"直到读了布劳斯太太的评语，我才找到了信心。那天回到家后，我又写了一则小故事，这是我一直梦想着去做却不相信自己能做到的事情。"之后，在读书的业余时间，他又写了许多小故事，每一次他都把自己的作品带到学校，交给布劳斯太太。而布劳斯太太对这些稚嫩的作品则给予了鼓舞人心的、严肃而又真诚的评价。"她所做的一切恰恰是当时的我所需要的。"戴尔凯夫说。

不久，他被学校的报纸任命为编辑，这使他信心倍增，同时视野也开阔了。由此，他开始了自己成功而又充实的一生。戴尔凯夫坚信，如果没有当初布劳斯太太在他的作文空白处写的那四个字，那么他现在所拥有的一切都不会发生。

在第 30 届中学同学聚会时，戴尔凯夫回到了当初所在的学校并且拜访了已经退休的布劳斯太太。他向布劳斯太太诉说了当初写的那四个字对他一生的影响：正是那四个字给了他信心和勇气，他才能成为一名出色的作家。他还告诉布劳斯太太，在他的办公室里，他曾经接待过一位年轻姑娘，这位姑娘每天学习到深夜就为了得到一张中学的学位证书。现在她拿着证书来到他面前，寻求他的帮助与建议，因为他是个出色的作家。他把自己从布劳斯太太那里得到的信心与勇气又传递给了这位姑娘，现在这位姑娘已经成为一名作家，并且成了他的妻子。

布劳斯太太被这个故事深深地打动了。戴尔凯夫说："在那一刻，我想布劳斯太太同我一样意识到是她自己给予了我和我妻子深深的、永久的影响力。"

"真是蠢得一无是处!"

"写得很好!"

很简单的一句话,却往往能改变人的一生。

赞扬对于强化人的行为具有不可忽视的重要作用——赞扬能释放一个人身上的能量,调动一个人的积极性。赞扬能使软弱者变得强壮,能使怯懦者变成勇士,能让受伤的神经得到休息和力量,能给身处逆境的人以务求成功的决心。

一朵栀子花

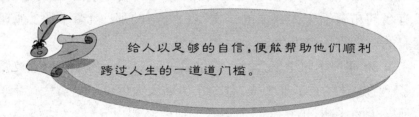

给人以足够的自信,便能帮助他们顺利跨过人生的一道道门槛。

从没留意过那个女孩子,是因为她太过平常了,甚至有些丑陋——皮肤黝黑,脸庞宽大,一双小眼睛老像睁不开似的。

成绩也很平平,字迹写得东扭西歪,像被狂风吹过的小草。所有老师都极少关注到她,她自己也寡言少语。以至于有一次,班里搞集体活动,老师数来数去,还差一个人。问同学们缺谁了,大家你瞪我我瞪你,就是想不起来缺了她。那时,她正一个人伏在课桌上睡觉。

她的位置,也是安排在教室最后一桌,靠近角落。她守着那个位置,仿佛守住一小片天,孤独而萧索。

某一日课堂上,我让学生们自习,而我,则在课桌间不断来回走动,以解答学生们的疑问。当我走到最后一排时,稍一低头,突然闻到一阵花香,浓稠的、蜜甜的。窗外风正轻拂,是初夏的一段和煦时光。教室门前,一排广玉兰,花都开好了,一朵一朵硕大的花,栖在枝上,白鸽似的。我以为,是那种花香。再低头闻闻,不对啊,分明是我身边的,一阵一阵,固执地绕鼻不息。

我的眼睛搜寻了去,就发现了,一朵凝脂样的小白花,白蝶似的,正落在她的发里面。是栀子花呀,我最喜欢的一种花,忍不住向她低了头去,笑道,好香的花!她当时正在纸上信笔涂鸦,一道试题,被她支解得七零八落。听到我的话,她显然一愣,抬了头怔怔地看我。当看到我眼中一汪笑意,她的脸迅速潮红,不好意思地嘴一抿。那一刻,她笑得美极了。

余下的时间里,我发现她坐得端端正正,认真做着试题。中间居然还主动举手问我一个她不懂的问题,我稍一点拨,她便懂了。我在心里叹,原来,她也是个聪明的孩子呀。

隔天,我发现我的教科书里,不知什么时候多了一朵栀子花。花含苞,但香气却裹也裹不住地漫溢出来。我猜是她送的。往她座位看去,便承接住了她含笑的眼。我对她笑着一颔首,算是感谢了。她脸一红,再笑,竟有着羞涩的妩媚。其他学生不知情,也跟着笑。而我不说,只对她眨眨眼,就像守着一段秘密,她知道,我知道。

在这样的秘密守候下,她发生了翻天覆地的变化,活泼多了,爱唱爱跳,同学们都喜欢上她。她的成绩也大幅度提高,让所有教她的老师再不能忽视。老师们都惊讶地说,呀,看不出这孩子,挺有潜力的呢。

几年后,她出人意料地考上一所名牌大学。在一次寄给我的明信片上,她写了这样一段话:老师,我有个愿望,想种一棵栀子树,让它开许多许多可爱的栀子花。然后,一朵一朵,送给喜欢它的人。那么这个世界,便会变得无比芳香。

是的,有时,无须整座花园,只要一朵扼子花。一朵,就足以美丽一生。

(丁立梅)

人的潜力是无限的,鼓励的力量是无穷的,给人以足够的自信,便能帮助他们顺利跨过人生的一道道门槛。鼓励真的可以给予别人一种很大的力量,不仅能使他充满信心,反败为胜,甚至能让一个人改变他自己的命运,创造出奇迹!

爱,为什么要戴着面具

> 那一刹那他仿佛真正长大了。第一次听见母亲由衷的表扬,他的心里升起腾腾的喜悦和自豪。

有一个小男孩,总是很难过,因为一回到家,他的自由散漫,常常把家里弄得乱七八糟。母亲总是不断地批评他。他的成绩总是阴晴不定,有的时候非常好,有的时候又非常差。最要命的是,不管是好还是坏,他都没表现出积极的样子,这样,他也总是被爸爸批评。

好的时候,母亲就要求他再接再厉,别那么容易就满足,不要做一只井底之蛙;差的时候就不用说了,自然是更加严厉的批评和要求。

从小学一直到初中,他一直在几公里外的学校读书。母亲也就"啰嗦"了他这么多年。后来到了高中,他开始了借宿的读书生活。周末回家的训话,成为必修的功课。小大人一样的他,再也不像小时候那样表现出满心委屈,只是变得默然了,你说吧,随便你怎么说。

但是,一个星期天他回家,母亲和一个朋友在聊天,谈到了他。他路过客厅的时候悄悄躲起来,想知道他们在说什么。这一听使他大吃一惊,那整整一个小时的聊天,说的都是表扬他的话。母亲从没对他说过的赞美,在一个小时却重复了十几遍。我的小孩从小纯良温和,大人无心放在桌子上的钱,一般的小孩早拿去买零食了,他呢,是看也不看;小小年纪就特别懂事,6岁那年,我不开心时,他居然会安慰我;每次考试成绩不好我们骂他之后,他毫无怨言地回到房间认真学习……

男孩的眼泪就那么掉下来了。那些话,母亲从来没当着他的面讲。那一刹那他仿佛真正长大了。第一次听见母亲由衷的表扬,他的心里升起腾腾的喜悦和自豪。

只是他始终在心里有小小的遗憾。如果我早一点儿明白,不更好吗?为什么你如此地爱我,却不让我知道呢?当我们用各种的外衣遮掩着我们的爱时,你是否知道,你可能会被误解你不是在爱?

所以,请一定要让人明白你的爱,不管你的爱披着什么样的外衣,戴着什么样的面具。

沟通悟语

对于一些最需要赞美的人我们不要吝惜赞美和鼓励。再消极的人,只要我们丢掉偏见,都能发现他们身上的闪光点。对这些积极因素给予充分的肯定和赞美,就会使他们一扫悲观、自卑情绪,增长信心,从而以愉快的心境、乐观的情绪克服缺点,加快前进的步伐。

101

把赞美挂在嘴边的美国人

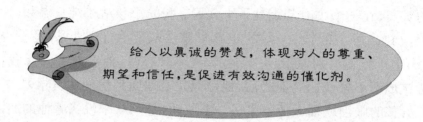

给人以真诚的赞美，体现对人的尊重、期望和信任，是促进有效沟通的催化剂。

　　人生在世,除了让自己快乐,也得让别人快乐起来。这是我在美国生活期间的感受。

　　在休斯顿的街头、学校、商店,迎面而来的陌生的美国人大多会送给你一句:"Hello,How are you today?"(你好,你今天过得怎么样?)或者微笑着冲你点点头。时间长了,我也潜移默化地接受并认可了这种习惯。

　　女儿 3 个月大的时候,我和妻子带她去超市购物。不时地有人走过来看她、夸奖她、祝福她,逗得我们心里乐滋滋的。后来女儿自己能走路了,每次我们带她上街,这样的赞美声总会不绝于耳——"嗨,你的女儿真美!""她是个可爱的小公主!"偶尔,还会有人蹲下身来与她说几句话。

　　更让人感动的是,一次我带着女儿到广场玩,一个金发小男孩儿走过来,居然很绅士地对我说:"您的女儿真可爱,她实在太美了!"他认真的模样逗笑了我,我问他几岁,他说他 4 岁。生活在这种朋友般的氛围中,我女儿从刚会说话起,见到陌生人就会主动打招呼,然后歪着小脑袋看人家。

也许是无数次听到别人对我女儿的夸奖刺激了我麻木的神经，我再也不能对别人的孩子无动于衷。因为我真正认识到，每一个孩子都是特别的、唯一的、可爱的。现在，如果在公园或商店里看到小孩子，我总要发自内心地夸上几句。

在美国，平时见面，一般的人会说："你今天怎么样？""你今天看起来真精神！"熟悉一点儿的人会说："我喜欢你这件衣服。"等等。在商店买东西，付款前，收银员会主动与你打招呼："你好！你今天怎么样？"付款后会对你说："祝你愉快！"

我的几位美国朋友经常寄些电子邮件来，凡是特别有意义的，上面都会标明"请与你的朋友分享"。记得到美国后的第一个圣诞节，我们家门口放了好几个礼物盒，还有若干张贺卡。后来我们才知道，那都是邻居们放的。

从对小孩的夸奖到大人间彼此的问候、关怀，我深切地感受到了美国人对生命的尊重以及对个体价值的肯定。

相比之下，我一直为一件事感到惭愧。在妻子怀孕 6 个月时，一位朋友介绍我们去认识他的一位刚当了妈妈的朋友。我们到她家时，4 个月的小女婴正在地上躺着，小手小脚不停地动着。那是一个多么可爱的新生命啊！但当时的我竟然没有夸奖小宝宝，心里合计的却是她的眼睛似乎有点儿小。我以挑剔的眼光审视着一个娇嫩的新生命，吝惜赞美之词，现在想来，真感到惭愧。

回到国内工作之后，我的一位同事刚生了一个女孩儿，办公室里的人都很羡慕，请她多讲讲小家伙的趣事。她谈了她的喜悦之后，又补充了一句："可惜她长得不漂亮。"一个当妈妈的，竟然挑剔自己的女儿，这让我十分震惊！

一句温馨的赞美、鼓励、祝福、问候，可以让人一整天都保持愉快的心情。日常生活中，每个人都喜欢听到这样的话，每个人也都会说这样的话。何不从我做起，让别人快乐起来，也让自己高兴呢？当然，这样做的唯一前提是，你必须具备一颗充满爱的心。

（雕翎箭）

沟通悟语

在日常生活中，人人都喜欢赞美，人人都需要赞美。这决不是虚荣的表现，而是渴求上进、寻求理解、企望支持的心理需求。给人以真诚的赞美，体现对人的尊重、期望和信任，是促进有效沟通的催化剂。

鼓　励

鼓励，注注就是这样一对对开列车：当你满载着鼓励奔向对方的时候，对方也会满载着鼓励向你奔来。善于鼓励他人的人，和善于接受他人鼓励的人，都会享受到更多的鼓励。

吃罢晚饭，我打算到一个亲戚家，去鼓励鼓励喜欢写作文的史迪。史迪读小学四年级，她妈妈在电话里对我说："你把她的作文看一看，她在杂志上看过你的文章，你夸奖夸奖她，她会更用心的。"

来到亲戚家，见到史迪，我问："能不能把你的作文拿给我看看？"史迪很快就从书包里翻出作文本，递给我。我翻开作文本，首先看到的是一篇以"夕阳"为题的作文，里面把晚霞比喻成奇形怪状的树枝，树枝上还有树叶，多么独特的比喻。我说，这个比喻，真的是很形象很神奇，一篇作文中这样的句子越多，越说明有想象力，这对作文水平的提高很有帮助。我又挑出另几篇作文中的好句子对她一一夸奖。她扑闪着黑亮亮的大眼睛，很专注地听着，弯弯的嘴角，努力地压着暗自得意的笑。这时我站起身来说："好，我要走了，祝你以后写出更好的作文。"

她立刻说："您别走，我还有一本三年级时写的作文要给您看。"她像个小精灵似的跑进她的房间，又跑出来，把一本作文本递到我的手上。我只好又坐下来，挑出好的句子表扬她。她仍是很认真地听。

当我起身想走的时候，她立刻又说："舅爹爹你别走，还有一件事。"这次她拿出的是本杂志，"这次是你的作文，你的这个作文写得真好，但有些地方我看不懂，请你给我讲讲。"我只好又坐下来。哦，这是我发表在某杂志上的某篇短文，她竟然找到了，还特意留着，真是让我感到意外，我便一句句地给她讲。她黑亮亮的大眼睛仍是扑闪着。

从史迪家出来，不知是否因为说了太多显示自己"才华"的话，我血管里的血，似乎被谁偷偷投放了一把兴奋剂，让整个身体都变得莫名的愉悦和美妙！后来我才想到，这是因为本想去鼓励小史迪的我，实际上是被小史迪给好好鼓励了一番！

我想任何一个人，面对别人的虚心、诚恳、专注时，都是会受到鼓励的。鼓励，往往就是这样一对对开列车：当你满载着鼓励奔向对方的时候，对方也会满载着鼓励向你奔来。善于鼓励他人的人，和善于接受他人鼓励的人，都会享受到更多的鼓励。

（陈大超）

沟通悟语

只要你细心，就能随时发现别人身上可以赞美的"闪光点"。赞美，在一个人的成长过程中有着不可低估的重要作用；赞美不仅是对一个人能力的肯定，还能给人以对待繁杂世界的信心和勇气，直面失败，冲向成功。

那些曾经被我看轻的赞美

一个人要赞美另一个人，往往首先是从他自己所处的社会地位出发的，是从他自己所扮演的社会角色出发的，是从他自己的生存境况出发的，是从他自己的内心感受出发的。

那天吃饭时，女儿见不远处有一只蟑螂在那里探头探脑，立刻边把身子往后缩边指着蟑螂说："你看，你看。"我立刻跳过去，以灵活迅速的动作，一脚把蟑螂踩死了。女儿立刻笑着冲我伸出大拇指说："爸爸好强啊！"

都读高三的孩子了，竟然如此害怕一只蟑螂，这并不让我吃惊——女儿从小就特别害怕老鼠、蟑螂之类的"玩意儿"，但她对我的这个赞美，却让我吃惊不小。要知道，从小到大，这还是她第一次伸出大拇指来赞美我呢。可是她的这个赞美，离我心中真正想要的，相差得实在是太远了。我真正想要的赞美是什么呢？是她说我的文章写得好。问题是，她小到大，读过我那么多文章，却一次也没说过"爸爸的文章写得好强啊"。

真的，我这个以写作为生的人，心底里最渴望的赞美，就是别人说我的文章写得好。可是让我奇怪的是，我在生活中"享受"到的赞美，往往都与我的文章无关。当我爬上爬下地把灯泡安好、偶尔炒的几个菜还挺合口味时，妻子赞美我的是"做事还像个样子"；当我一次一次把楼梯打扫得干干净净的时候,对门的老人赞美我的是"发现你这个人特别讲卫生,讲公德";当我出入这个院子大门口,总是按照那个"出入请下车"的要求下车的时候,门卫们在背后赞美我这个人"修养很不错";当我原来上班时总是笑着与那个专门送开水、分发报刊的勤杂工打招呼时,那个勤杂工赞美我这个人"不像别人那样长着一双势利眼"……

老实说,对于上述的那些赞美,我先前都是不看重的。我认为他们赞美的,都不是我身上最有价值的东西,更不是可以让我"功成名就"的东西。但是通过对女儿的这个赞美的细细品味,我发现,在这个世界上,一个人要赞美另一个人,往往首先是从他自己所处的社会地位出发的,是从他自己所扮演的社会角色出发的,是从他自己的生存境况出发的,是从他自己的内心感受出发的。你做的事,如果离别人所处的地位所扮演的角色太远,也与别人的人生情怀、内心感受无关痛痒,哪怕你自己认为那件事再了不起,再值得你自鸣得意,别人也会漠然置之。

现在,我倒是很庆幸我得到过那些我曾经不看重的赞美了。那些赞美说明我并不是一个除了会写文章别的什么事也不会干的书呆子,也不是一个能够写点儿文章就自以为是自命不凡唯我独尊目空一切的人。一个人像这样活着,岂不是很好吗?这样的人生,岂不是很丰富很踏实、能够给更多的人带来愉悦和感动吗?而且,谁又能说那些人的赞美与我的文章没有关系呢?——正因为我是那样一个人,我才有那么多的紧跟时代顺乎人心的文章可写呀。

啊,意识到这一点,我也更加明白今后该怎样做人和作文了。

(陈大超)

沟通悟语

永远不要反对、轻视或弱化别人对你的赞美,这样做会侮辱了赞美者的品味和判断力,甚至会玷污对方的诚心。微笑着接受善意的赞美吧,品尝这美妙的时刻,然后再找机会把这份美好的感觉传递给他人。

在日常生活中，人人都喜欢赞美，人人都需要赞美。这决不是虚荣的表现，而是渴求上进、寻求理解、企望支持的心理需求。给人以真诚的赞美，体现对人的尊重、期望和信任，是促进有效沟通的催化剂。

礼貌使沟通更平滑

让 小 学 生 学 会 与 人 沟 通 的 100 个 故 事

　　一个老外想学中文,他想知道什么中文词语最重要,他的中文老师说:"只要你学会'请'、'谢谢'、'对不起'这三个词语,你到中国哪个地方都不怕。"礼貌,使人们的气质变得温和,使他敬重别人,和别人合得来。礼貌可能是人类文明史上最伟大的发明,它可以帮我们解决很多很多的问题,它就像只气垫,里面什么也没有,却能奇妙地减少人与人沟通中的颠簸。

只会说"谢谢"的老外

一个只会说"谢谢"的外国人,孤身一人来到陌生的异国他乡,需要面对多少困难啊!而她,却畅通无阻,秘诀是什么呢?

周末,几个朋友乘公交车到峨眉山报国寺游玩。

回程时,车上的乘客多,挺挤的。车开动了,这时,后面过来一位外国女士,气喘吁吁地边跑边招手。司机停了车,外国女士从前门挤上来,站到我的旁边,喘着气,向司机问道:"Emei(峨眉)?"司机点了点头,那女士微笑着,用半生不熟的汉语说:"谢谢!"

呵,这位老外看样子不过二十来岁,居然会说"世界上最难学"的汉语,我不禁对她刮目相看起来。我对她快速扫描了一下:金发碧眼,中等身材略显丰腴,背着一个背包,全身上下洋溢着热情与活力。也许是留学生吧,我想。正琢磨着,她摸出钱包,看了看离我们不远的售票员,然后问我:"How much(多少钱)?"我哑然失笑,连"多少钱"这样的日常用语都不会,看来也没喝过多少中国墨水。我竖起食指:"One yuan(一元)!"她对我亲切地点点头:"谢谢!"然后拿出一张5元的人民币递给我。我帮她转给售票员,又把找回的4元钱递给她。"谢谢!"她感激地说。

公交车继续前进。我虽然学过多年英语,尽管对这位外国女士充满好奇,想和她说些什么,但也许是所谓"社交恐惧症"吧,我还是张不开嘴,竟一路无语。

　　公交车到站了,她走出了车门,我紧随其后下了车。没走两步,她突然转过身来,对着我笑:"Excuse me(打扰一下)！"然后从背包里拿出一个小本子,打开,翻了几页,指着上面的"某某超市"字样。原来是问路！这个地方我是知道的,只是用英语讲解只会让她云里雾里,说不定我那蹩脚的英语还会贻笑大方。我有些踌躇,却见她微笑地看着我,眼里满是期待和感激。我灵机一动,指了指人力三轮车,又指了指她小本子上的"某某超市"字样,言简意赅地对她说道:"Two yuan(两元)！""Two yuan？Ok！(两元？好！)"她笑了笑,对一辆三轮车招了招手:"Hello(呃)！"

　　三轮车上的她对我扬了扬手,感激之情写在脸上,微笑着说:"谢谢,谢谢！"

　　看着她逐渐远去的背影,我感慨良多:一个只会说"谢谢"的外国人,孤身一人来到陌生的异国他乡,需要面对多少困难啊！而她,却畅通无阻,秘诀是什么呢？"谢谢"二字代表着深深的感激之情,有了这种全人类共同的真挚的感情,沟通的大门就会为她打开,就不怕语言隔阂带来的羞涩,不怕遭遇无人理解的尴尬,在沟通中得到理解,得到支持。

（李卫军）

沟通悟语

　　在社会中,我们不一定要有很高的文化、很高的智慧和很高的地位,只要我们有礼貌,我们就可以成为受尊重的人。如果每个人用礼貌来装点自己,人与人之间的相处就会和谐,社会即会变得人情味儿十足。

金庸：恬淡脱俗吐心声

你待人以善意，别人以善意相报；你待人以真诚，别人以真情回馈。

　　不要问有多少人知道金庸，应该问天下华人有谁不知道金庸。看多了金庸小说中的刀光剑影，很多人想当然地认为，这位"武林至尊"肯定是一位不苟言笑的严肃人物，有一副不怒自威的颜容。其实，金庸生性活泼，平易近人，是老幼咸宜的良师益友。

　　王朔的《我看金庸》一文是对金庸小说的第一篇猛烈攻击的文章，但金庸对此没有拍案而起，也没有竭力争辩，更没有反唇相讥，他只是心平气和地说："王朔先生的批评，或许要求得太多了些，是我能力所做不到的，限于才力，那是无可奈何的了。""'四大俗'之称，闻之深感惭愧。香港歌星四大天王、成龙先生、琼瑶女士，我都认识，不意居然与之并列。不称之为'四大寇'或'四大毒'，王朔先生已是笔下留情了。我与王朔先生从未见过面，将来如到北京待一段的时候，希望能通过朋友介绍和他认识。"不指责对方的言过其实，反承认自己才力有限；不责怪对方用语刻薄，反称赞对方"笔下留情"，且向对方伸出热情之手，希望与对方交朋友。在这里，金庸不仅做到了以诚待人，也做到了以礼待人，更做到了以心暖人。

　　金庸有金庸式的幽默，他平时不动声色的谈吐往往会令人忍俊不禁。金庸喜欢驾车,更喜欢驾跑车。曾有人问他:"你驾跑车超不超车?"金庸答:"当然超车,逢电车,必超车!"闻者无不绝倒。金庸号称"从未醉过"。很多人以为他酒量过人,而实际情形是他很少喝酒,或喝得很少,那就当然不会醉。

电视和武侠小说中有很多打斗场面,会给儿童和分辨能力低的成人带来不良的影响,对此,金庸的看法如下:"以前有人攻击武侠小说,认为小孩看了会模仿,也上山学道去了。我想这个责任不应该由武侠小说来负的,一把菜刀可以用来切菜,也可以用来杀人。我写小说时,只想到小说的读者,在小说中描述的事在电视中不一定可以演,因为看小说的人至少有阅读的能力,受过一定的教育。如果电视对观众有坏影响,应该由电视负责。因为电视编剧应该考虑到观众中有一部分是没有分辨能力的,打斗该适可而止。""一把菜刀"的比喻既显示了金庸式的幽默与机智,也把一个众说纷纭的问题讲得一清二楚。

沟通悟语

每个人都希望能得到别人的真诚相待,要想别人真诚待你,你就应当首先主动真诚地去对待别人。你待人以善意,别人以善意相报;你待人以真诚,别人以真情回馈。这也是我们经常所说的"将心比心","以心换心"。

玄　机

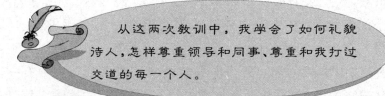

从这两次教训中，我学会了如何礼貌待人，怎样尊重领导和同事、尊重和我打过交道的每一个人。

　　初进职场，努力工作自不必说，说话做事细节上也有很多的学问。就拿盖章这件看似平常的小事来说吧，我就有过两次深刻的教训。

　　刚到单位不久，我报名参加注册会计师资格考试。因为工作原因，我领到报名表的时候，已是报名的最后一天了。报名表需要加盖单位的公章，我急忙赶回单位。当时是老司管理公章。

　　我一进办公室，我就问谁是老司，有人指给我。我走过去，拿出报名表放在他面前说："我参加考试，需要盖章。"老司抬眼看了看我，一脸的不高兴，问道："你叫什么名字？考试报名经过人事科批准了吗？"我吃了一惊：这么简单的事还要人事科批准吗？心里立刻一紧，赶紧解释："这是社会性的考试，不用批的。人事科现在也没人，今天是报名的最后一天了……"我冒出了冷汗，怕他不给盖章。老司慢吞吞地拿出章来，犹豫了好几次，最后不情愿地盖了章。走出办公室的门口，抹一把额角的汗水，报名的兴奋劲一扫而光。

　　事后，我冷静地进行了分析。老司在办公室，虽然不是主任科长，但也管理着重要的事务，更何况是一位老同志了，请他盖章的时候，如果称他为领导，或者称他为司叔，总比直接叫人家的名字要好得多。再就是没有用委婉的客气话。"司叔，您好。我是刚来的小玉，要报名参加考试，需要单位出具公章，麻烦您给盖一下章，好不好？"如果当时这样讲，老司就不可能一脸的不高兴了。

在单位的一次人员调整中，我被调到人事科工作。

老司已内退，换小张管理公章。熟悉了以后，用公章时，我就直接找他。那天，又要用公章，我推门进去就对小张说："小张，我又要用公章了。"恰好办公室主任在小张屋里，小张的脸一下子就红了，他看了一眼主任，拿出章来，慢慢腾腾地盖上。事后，小张悄悄地对我说："你用公章为什么不对主任说一声？主任生气了！"主任不在的时候，这样对小张讲不要紧，可是主任在场呀，应该请示一下主任才对，这是最起码的规矩啊！

从这两次教训中，我学会了如何礼貌待人，怎样尊重领导和同事、尊重和我打过交道的每一个人。人际交往的学问大着呢，哪怕是有正当理由盖个公章这样稀松平常的事儿，也暗藏玄机，需要我们用心琢磨。

（王德付）

沟通悟语

　　尊重的力量是巨大而深刻的，稳定而持久的。这种力量不是作用于人的外部，而是撼动着人的灵魂；不是被动地接受外来的压力，而是内心产生的自我需求，从而可以改变对人生的态度，改变难以改变的思维定势，打造一个全新的人生。

指尖上的语言

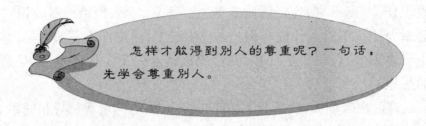

怎样才能得到别人的尊重呢？一句话，先学会尊重别人。

轻慢他人的人，自我的心灵会更多地蒙羞；

尊重他人的人，会不期然获得至高的尊严。

参加一个企业管理培训班。培训师轻轻点击鼠标，大屏幕上出现了一个身着西服的人。那人似乎是在主持一个记者招待会，在他面前，摄像机、照相机和举手的人被模糊处理掉了，最夺人眼目的是他僵硬地直伸着的手臂和更加僵硬地直伸着的那根食指。培训师给这个画面配音道："你！你！就是你！回头瞅别人干吗？就是你！——有什么问题？快问！"他话音一落，我和在场的学员就都忍不住悄声笑起来。接着，画面一转，又一个穿西服的人出现了，只见他紧锁着眉头，食指坚定不移地指着某个方向。培训师放大了画面，我们清楚地看见了画面下面的一行小字：某某听证会。培训师又给这个画面配音道："你！你！就是说你呢！傻愣着干吗！——有什么话？说呀你！"这下我们谁都没有笑。培训师再翻页，依然是衣冠楚楚的人站在主席台上，伸出一根夺人眼目的食指指向罪犯般的提问者。一连翻了七八页，那些人的食指惊人相似地重复着同样的话语。

我们谁都笑不出来了，会场上有了叹息声。

培训师说:"想听听我搜集这些图片的过程吗?大约 5 年前,我留意到了第一幅肆意指点人的摄影作品,于是,我将它加进了我的幻灯片里面,想以此提醒管理者注意自己的一些无意行为。后来,我居然接二连三地在各种媒体看到了相似的画面。我便想:只要能够截取的,我就截取下来加进我的幻灯片中,看究竟能收藏多少。刚才你们已看到了——我的藏品已多到了让我这个收藏者心痛的地步。因为指点惯了,不恭惯了,粗暴惯了,刁蛮惯了,所以,一些人用指头戳起别人来就分外自然。——我想问问在座的各位,当你们的嘴按照上面的要求或者某本管理宝典上的点拨,对员工说着春风般轻柔的话语时,你们的身体和内心能不能说出同样动听的话语呢?我想,我们要表达对他人的尊重,不是会说,'您'、'请'、'对不起',就 OK 了,我们要真正把员工、把他人放在心尖上,捧在掌心里。"

培训师说完,轻快地点了一下鼠标,画面上出现了一位衣着得体、笑容可掬的女士。只见她站在主席台上,伸出右手,掌心向上,对台下做出一个亲切的"请"的手势。画面一转,依然是这位女士,不同的衣装,不同的背景,不变的是她动人的微笑和掌心向上的亲切手势。

半晌阴郁的心,终于放晴!会场一片欢腾,仿佛画面上出现的是我们期待已久的美丽自我!

培训师不失时机地说道:"我相信你们已经听到了——听到了这位女士指尖上无比美妙的语言……"

(张丽钧)

沟通悟语

　　我们每个人生活在这个社会上,生活在集体这个大家庭中,每个人都希望得到别人的充分肯定,每个人的成绩都希望得到别人的认同,每个人的人格都希望得到别人的尊重。那么,怎样才能得到别人的尊重呢?一句话,先学会尊重别人。

小松鼠问路

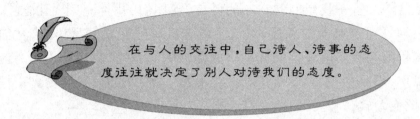

在与人的交往中,自己待人、待事的态度往往就决定了别人对待我们的态度。

　　小松鼠很可爱,它有一身美丽的绒毛,一条大大的花尾巴。它很聪明,吃东西的时候,总是用两条前腿把那东西捧着慢慢地吃。要是它吃不下去,就把那东西留起来。它总是很快活,独自在树枝上跳来跳去,觉得很高兴。但是小松鼠很调皮,而且有时候也不大讲礼貌。

　　记得在今年夏天,小松鼠就因为调皮而闯了祸。它曾偷偷地把小猴系在树枝上的秋千给弄坏了,又把鸟妈妈生的蛋当做足球踢着玩。它骗小熊去偷吃蜂蜜,结果,蜜蜂叮肿了小熊的头,小松鼠却安然无恙。于是,小猴、小鸟和小熊等动物,和小松鼠绝交了。小松鼠在森林中转悠,却没有一个人和它玩,它感到寂寞极了。"为什么大伙儿都不理我呀?"它想着。最后,小松鼠决定去大象博士那儿问个明白。

　　第二天一早,小松鼠就上路了。它跨过小溪流,翻过小山坡,走了半天,仍然没到大象博士的家。四周都是高大的乔木。呀!小松鼠迷路了。

　　忽然,小松鼠看见一只老山羊迎面走来。"嘿,问问路吧!"小松鼠想着,一跳,跳到了老山羊的背上。它扯了扯老山羊的胡子,说:"老婆婆……""哎,我不是老婆婆!你没看见我头上那一对大弯角吗?你应该叫我老公公才是！"老山羊说。"不嘛，你就是老婆婆！就是老婆婆！"小松鼠跺着脚说："老婆婆，你知道大象的家在哪儿，我该怎么走啊！""不知道。"老山羊没好气地说。"噢，原来你是个大白痴，连大象的家在哪儿都不知道！""你——"老山羊气得说不出话来。小松鼠一见老山羊拉长了脸，瞪起了眼睛，不禁哈哈大笑起来。

这时，一头水牛来到小松鼠的身边，说："小松鼠，我来告诉你大象的家在哪儿。不过，你应该先给山羊公公赔个礼。""为什么？"小松鼠瞪圆了眼睛问。"孩子，你太没礼貌了。明明是山羊老公公，你却叫它老婆婆，它听了可不高兴呀！""哼，它只不过是个白痴。"小松鼠说。"孩子，山羊公公不是白痴，就因为你偏要称它为老婆婆，它生了气，才不告诉你大象住在哪儿的呀！这怎么能叫白痴呢？"老水牛心平气和地说。"嗯——"小松鼠一时语塞。在一阵思考之后，小松鼠恍然大悟。它走到老山羊的面前，说："山羊公公，刚才是我不对，我向你赔礼。""不用了，孩子，来，我告诉你大象住在哪儿。""不必了，我已经达到这次去大象博士那儿的目的了，山羊公公、水牛爷爷，再见！"小松鼠说完，一蹦一跳地回家了。

一个不尊重他人的人，也绝不会得到别人的尊重；就如一个人对着空旷的大山大声呼喊，你对它友好，它也友好地回应。在与人的交往中，自己待人、待事的态度往往就决定了别人对待我们的态度。

推 拉 之 间

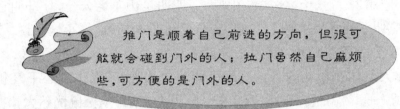

推门是顺着自己前进的方向，但很可能就会碰到门外的人；拉门虽然自己麻烦些，可方便的是门外的人。

今年年初，我去一家电信公司应聘客户部经理。前来应聘的有30多人，经过层层筛选，最终我和另外两名应聘者一同进入了面试。

面试开始前，秘书将我们领到会议室里，给每人沏了一杯茶，让我们在会议室里等她的通知。大约等了10多分钟，秘书通知我前去面试。因为此前对该公司做了一些了解，准备得也比较充分，所以我对主考官所提的问题对答如流。主考官显然对我的表现很满意，我看见他不住地点头。面试结束，他示意我先出去，顺便请下一位应聘者进来。我走到门口，很自然地侧身拉开门，走了出去。

一个小时后，另外两名应聘者也面试完毕，公布结果时我成了唯一的幸运者。落选的应聘者中有一人是MBA，他倨傲地问主考官："我感觉我的表现更出色，为什么聘用的不是我？"主考官笑了笑，说："论实力，你也许比他强。可是你忽略了一个细节，我们公司的门都是可以推拉的弹簧门，我观察到你和另一位先生面试结束，走出我的办公室时都是理所当然地推门，只有这位先生是拉开门出去的。推门是顺着自己前进的方向，但很可能就会碰到门外的人；拉门虽然自己麻烦些，可方便的是门外的人。我们这次招聘的是客户部经理，需要应聘者具备时刻为客户着想的素质。我这样解释,你满意吗?"

(魏海玲)

谢绝基辛格的酒吧

自从所有人知道酒吧老板合情合理地谢绝了基辛格之后,这个酒吧就连续3年被评为世界最佳酒吧前15名。

有一个酒吧,面积非常小,名气却非常大,尤其在新老板的经营下,生意日渐兴隆,在当地声誉很高。

一天,时任美国国务卿基辛格博士来到这里。完成公务后,这位大人物突然想去光顾一下当地的酒吧,朋友们就给他推荐了这个。

基辛格的大名在当地无人不知。为了给对方一个惊喜,基辛格决定亲自打个预约电话。他说出自己的名字后,以婉转的口气对老板说:"有10个随行人员会和我一起去,到时候能不能谢绝其他顾客?"

按常理来说,对基辛格这样的重要人物,这点儿要求是完全可以理解的,可是,酒吧老板却说:"您能光临本店,我深感荣幸,但是,如果因为您而把其他顾客拒之门外,我却做不到。这对其他顾客来说,太不公平。"对这意外的回答,基辛格几乎怀疑是自己听错了,但也只能无奈地挂上了电话。

第二天,酒吧的电话里又传来了基辛格的声音,语气更加客气,对昨天的失礼表示道歉后,说这次只带3个人来,而且不必谢绝其他客人。

酒吧老板说:"非常感谢您的诚意,但是我还是不能满足您的要求。"

"为什么?"基辛格惊愕不已。

"因为明天是星期六,照例本店休息。对不起。"

"但是我后天就要离开了,您能不能破例一次?"

"不行,我们是犹太人的后裔,星期六是个神圣的日子,在星期六营业,是对神的不敬。"

基辛格听后,无言以对,默默地挂上了电话。

一个美国记者知道了这件事,就在报纸上发表了一篇文章。于是,这个酒吧就更加出名了。

显而易见,并不是因为谢绝了基辛格这个酒吧才出名的,但自从所有人知道酒吧老板合情合理地谢绝了基辛格之后,这个酒吧就连续3年被评为世界最佳酒吧前15名。这一方面得益于平时的苦心和善于经营,另一方面也得益于即使是面对大人物,也平等、礼貌地尊重每一位顾客的高尚职业道德。

沟通悟语

尽管每个人的生活境遇和条件不同,但人生来平等,这种平等应该得到充分的尊重。人与人之间的平等尊重,集中表现在人格地位上的平等。在人格上,我们每个人都是具有独立意识的主体,都有做人的尊严,都不容任何人去轻视,也不会因任何人而改变。

礼貌与机会

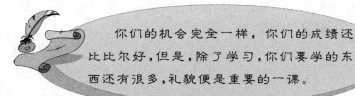

你们的机会完全一样，你们的成绩还比比尔好，但是，除了学习，你们要学的东西还有很多，礼貌便是重要的一课。

一批耶鲁大学的应届毕业生被导师带到华盛顿的国家实验室参观。坐在会议室里，学生们等待着实验室主任胡里奥到来。

这时，一位秘书给大家倒水，同学们表情木然地看着她，其中一个甚至问道："有黑咖啡吗？天太热了。"秘书说："真抱歉，刚刚用完。"

轮到一个叫比尔的学生，他轻声地说："谢谢，大热天的，你辛苦了。"

秘书抬头看了他一眼，虽然这是客气话，却让她感到温暖。

门开了，胡里奥主任走进来，打着招呼，不知为什么，会议室里静悄悄的，没有一个人回应。比尔左右看看，犹豫了一下，鼓了几下掌，同学们这才稀稀落落地跟着拍起手来。

胡里奥主任挥了挥手，说："欢迎同学们到这里参观。平时，都是由办公室负责接待，而我和你们的导师是老同学，这一次，由我亲自给大家讲一些有关的情况。同学们好像都没有带笔记本，秘书，请你拿一些实验室印的纪念手册，送给同学们。"

接下来，更尴尬的事情发生了，大家随手接过胡里奥主任双手递过来的纪念手册。

胡里奥主任的脸色越来越难看，这时，比尔站起来，身体微倾，双

123

手接过纪念手册,恭恭敬敬地说:"谢谢您。"

胡里奥眼前一亮,拍拍比尔的肩膀:"你叫什么名字?"

比尔照实作答。

两个月后,在毕业生的去向表上,比尔的去向栏里赫然写着某军事实验室。几个同学找到导师,说:"比尔的学习成绩最多算是中等,凭什么选他,而没选我们?"

导师笑着说:"比尔是人家国家实验室点名要的。其实,你们的机会完全一样,你们的成绩还比比尔好,但是,除了学习,你们要学的东西还有很多,礼貌便是重要的一课。"

(蒋光宇)

法国大作家蒙田说:"礼貌无需花费一文而赢得一切。"礼貌看起来只是一两句客套话,几个谦恭的动作,但这些言行在交际的不经意间表现出来,就会产生神奇的作用。当礼貌成为一种习惯,良好的修养就会成为我们的口碑。

别忘了使用敬辞

使用敬辞,是一种有教养的表现。当你省略敬辞时,也将降低了你的品位,甚至也会堕落成被鄙视的人。

查尔斯小的时候,在父亲的杂货铺里帮忙。在那儿工作的几乎都是成年人，父亲希望儿子能从他们身上学一些有用的东西。

杂货铺里原有一个不怎么受欢迎的人，伙计们背地里都叫他"堕落的家伙"。大家都知道，从道德上来讲，他绝对不是一个值得尊敬的人。查尔斯对这个人的人品也有所耳闻，所以和其他孩子一样，对他很不尊重。孩子们都称其他男性为"某某先生"，而对于这个"老恶棍"，他们却只愿意称他为"乔"。

查尔斯的父亲有一天无意间听到了儿子与"乔"的对话，于是便把儿子叫到办公室。

"儿子，"父亲说，"我曾经告诉过你，跟长辈说话一定要恭敬，但刚才我听见你在大声叫'乔'。"

儿子说："'先生'一词只能留给那些值得尊敬的人，而那个家伙他不配！"

"他配不配是他的事情，而你这样对待他是你的问题，现在失礼的是你，年轻人！"父亲紧接着说，"对一个人有看法不是你失礼的借口！"

无论对什么人，都要使用敬辞，别人的堕落不是你省略敬辞的借口，其他人的不尊重也不是你不尊重的理由。使用敬辞，是一种有教养的表现。当你省略敬辞时，也将降低了你的品位，甚至也会堕落成被鄙视的人。

有个英国人到瑞士出差，办完事后，打算尽快启程回家，可他到邮局给妻子发电报时，身上的钱已经花得差不多了，于是他把拟好的电报交给营业员小姐，请求为他算价。小姐算了字数并报了价，他发现身上的钱不够了，就说："请把电文中'亲爱的'去掉，这样钱就够了。"不料，小姐却温和地笑起来："不，这无论如何都不能去掉，你的妻子最盼望的也许就是这个词，请必不为难，这钱我代你出。"

更有意思的是，那个发电报的人原本是个脾气古怪、经常表现得并不是多么和蔼友好的人。自从邮局里的那位小姐强调不能省略敬辞，用微笑点亮他的心灯之后，他渐渐地变了，成为一个待人亲切、宽容和大度的人。

可见，使用敬辞可以改变人的性格、提升人的品位，也能使原本生性冷漠、心胸狭窄的人变得待人亲切、宽容、大度。使用敬辞是一种文明的表现,使用敬辞频率的高低,直接体现了一个社会的文明程度。如果你经常无意识地省略了敬辞,小则会被人耻笑,大则别人会说你没品位、没教养。

（武俊浩）

沟通悟语

礼貌,是一个人内在的道德素养,它的价值在于对每一个人都能做到一视同仁的尊重。不厚此薄彼的礼貌才能赢得更多的尊重,因为真正的礼貌是不分贵贱贫富的。

应该懂得的沟通技巧

让小学生学会与人沟通的 100 个故事

　　为什么是杨利伟而不是其他人成为我国航天第一人,航天局的领导透露了这样一个细节:在最终确定的三人为首飞候选人之时,三人各方面都十分出色,难分高下,但杨利伟沟通技巧好,口头表达能力强,说话有条理,有分寸,更能面对媒体和公众,所以选择了他。沟通,有时决定命运。

　　沟通是一种技巧,要想更好地沟通,就得培养自己的亲和力,学习迅速与陌生人建立信赖感的方法,创造性地训练肢体动作和语气,懂得非言语的沟通,在"看不见的地方"下工夫。

"回避"也是生活的艺术

> 自己想做什么事，就一心一意地去实现它。对出现的阻挠，别去介意，把它们当做生活中的琐屑之事，放一放，暂时回避一下，就会风平浪静，一切也就过去了。

　　20 世纪 60 年代初，美国有位大学校长竞选州议会议员。此人资历很高，又精明能干、博学多识，看起来胜算极大。但是，选举期间有个谣言散布开来：这位校长曾跟一位年轻女教师有那么一点儿"暧昧"关系。由于按捺不住对恶毒谣言的怒火，这位候选人在每次集会中，都要极力澄清事实。其实，大部分选民根本没有听说过这件事；但是，现在人们却愈来愈相信有那么一回事。公众们振振有词地反问："如果他真是无辜的，为什么要百般狡辩呢？"最悲哀的是，连他的太太也开始转而相信谣言，夫妻关系破坏殆尽。最后他失败了，从此一蹶不振。

　　屏幕硬汉施瓦辛格竞选州长时，也面对了各种刁难和中伤，可他对此根本不去理会，也不去应答那些无聊的责难。这反而更增加了他在选民中的人格魅力，赢得了更多的信赖和支持，并最终获得了胜利。

　　竞选是这样，现实生活中也是如此。自己想做什么事，就一心一意地去实现它。对出现的阻挠，别去介意，把它们当做生活中的琐屑之事，放一放，暂时回避一下，就会风平浪静，一切也就过去了。而你如果一味地纠缠它，却只能白白耗费自己宝贵的时间和精力，损害自己的情绪,更会影响自己的形象。人生的失败,也由此开始了。

(杭大庆)

从巧妙交流中获得"回报"

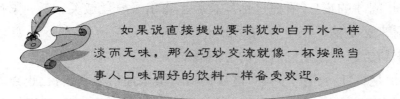

　　如果说直接提出要求犹如白开水一样淡而无味,那么巧妙交流就像一杯按照当事人口味调好的饮料一样备受欢迎。

　　大连一家建筑装饰公司在郑州市承揽了一座高档写字楼的装修工程,这是他们跨地域发展的一个项目,因此上上下下都非常重视,整个工程施工进展很顺利。可就在工程即将进入外部装饰阶段时,负责给大厦提供楼面装饰浮雕的一家齐齐哈尔工厂,却突然声称因为特殊原因不能按时交货了。这样工期就将拖延,公司的声誉必定受到影响。

　　于是公司有关部门赶紧电话、传真、邮件联系、交涉,谁知往来数次都没解决问题。情况紧急,公司领导斟酌再三,决定派处世灵活、细腻,又是黑龙江人的工程部副经理李利前往齐齐哈尔处理问题。

李利接受任务后，不敢怠慢，立即起程，但心里也在打鼓，心想：与这家工厂有着一定交情的采购部门磨破了嘴皮子都没解决的问题，我一个素不相识的陌生人如何才能将其拿下……一路上李利紧锁眉头，盘算的都是这件事，火车快到齐齐哈尔时他的眉头仍是紧锁。

下了火车，李利立即打车直奔那家工厂。他没有直接去找厂长，而是以客户的身份参观了工厂，从外观看很整洁，纪律也很严。转了大半天之后，李利才去见厂长。厂长在办公室里接待了李利，但并不热情，紧绷着脸，一脸严肃的表情，眼神中透出不屑一顾的意味，连打招呼、握手、让座这些起码的礼节都省略了，很明显，他已经知道了李利的身份，做好了应对一切的准备。对此李利尽管心中很不舒服，但并未露声色，他主动问候厂长后，自己来到老板台对面的椅子上坐下来，面带微笑地对厂长说："厂长，真没想到您的名字在齐齐哈尔很响，我打车和司机闲聊时，一说到您的工厂找厂长办事，司机马上就能说出您的名字。"

"是吗？"李利的开场话似乎很出厂长的意料，他有些诧异地应答着。

看着厂长脸色的变化，李利加重了些语气非常肯定地说："这还有假，就是刚才的事！"听完这话厂长脸上露出了一丝微笑。李利紧接着说："看来您是治厂很有方的厂长呀……"

李利历数着他刚刚看到的点点滴滴。

"那是！"厂长有了兴趣，这才掏出一根烟递给李利，自己也点燃一支烟，深深地吸了一口，然后向李利讲起了他的管理经验和工厂的发展历程，话语间自豪的神情溢于言表。

"真是不容易！""您真有办法！"李利一边盯着厂长的眼睛听着，给人一种很尊重、很感兴趣的样子，一边不时垫话赞扬着。

当厂长高兴地讲述完，李利又不失时机地恭维起来："现在您的工厂已经很有规模了，我不是当着您的面说好听的，一进你们厂就给人一种与众不同的感觉，我也走过好多地方，你们厂是我见到过的最整洁的浮雕制作厂。"

"真的吗？这可是我十几年的心血呀！你要愿意我陪您到厂子里转一转。"厂长更自豪了，对李利的态度也发生了变化，还让人给李利沏了杯茶。"当然愿意,这真是求之不得!"李利见厂长态度转变,朗声回答。

应该说这家工厂的规模和管理还是不错的。参观中李利不时地称赞工厂的结构好、管理好。当走到生产车间一台看起来很特别的机器旁时,学机械设计出身的李利断定这台机器是有针对性制造的,于是有意驻足仔细观看起来。"你懂机械?"厂长看着李利问。"我在大学学的就是机械制造!"听到厂长的询问,李利紧接着从专业的角度对这台机器做了评论。厂长听后马上笑容满面地告诉李利:"这台机器是我设计的。""是吗?真没想到您还有如此功力!"李利显得很惊讶。厂长立即滔滔不绝地给李利讲起了机器的构造、运转过程、工效……

从车间参观完出来已经时至中午,厂长坚持要请李利吃饭。直到这时李利才把话头转到来访的目的上来,他问厂长,为什么贵厂不能按时交货,是不是遇到了什么困难。

吃饭时俩人推杯换盏,天南地北聊得非常投机,饭局临近结束时厂长说:"李经理,没想到我们今天的聚会如此愉快,真有相交恨晚之感。现在言归正传,您这次来的目的我自然明白。只是我先前听说贵公司遇到资金周转问题,不能一次性付清供应商材料款,我担心会出现拖欠纠纷。你知道我们是小厂,百十口人等着吃饭呢,所以不能贸然交货……"

李利诧异道:"这是从何说起,我们把材料款都准备好了,至于资金周转问题更是空穴来风,厂长是从哪里听来的消息。这不是在破坏我们之间的合作吗?"

厂长一时语塞,李利看厂长还有些为难,就说:"这样,我们先把材料款打过来一半,这样问题不就都解决了。"说着就要拨电话。

"哎呀,话都说到这个分上了,我还有啥可说的,都是我的错,现在我明确地告诉您,您放心地回大连吧,即便我有天大的困难,也保证按期交货。"李利连声道谢。

(沈 童)

沟通悟语

　　人与人之间的沟通,是一场没有硝烟的战争。如果说直接提出要求犹如白开水一样淡而无味,那么巧妙交流就像一杯按照当事人口味调好的饮料一样备受欢迎。李利正是凭借着自己过人的沟通技巧，从赞美着手，找准厂长的口味，引起他的兴趣，一步步达到了自己的目标。

"中国铁娘子"吴仪

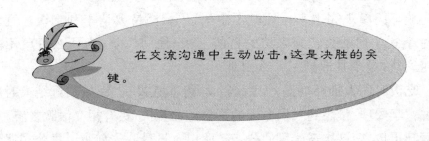

在交流沟通中主动出击，这是决胜的关键。

吴仪，被称为"中国铁娘子"。谈判桌上，她给外界留下坚忍、果敢，而又不失机敏、开放的形象。她行事刚柔相济、明快干练，是共和国历史上第三位女性副总理。

1991年，参加中美知识产权谈判的中方代表团团长突然生病，这个沉重的担子瞬间落到吴仪身上。美方团长是当时的美国贸易谈判代表，号称"西方谈判界铁女人"的卡拉·西尔斯。当中美代表见面，热情握手、互致问候的时候，美方团长当着各国记者的面，对着摄像机、照相机、录像机，突然发难道："我们是在和小偷谈判。"在场的人都目瞪口呆。她的意思是中国人剽窃美国的知识产权，说这话是想给吴仪一个下马威，也是想取得谈判桌上的主动权。

吴仪毫不犹豫地反击说："我们是在和强盗谈判。"看着众记者，特别是美方团长丈二和尚摸不着头脑的样子，吴仪解释道："你们博物馆里有多少东西是从中国抢来的？"这一次轮到美方团长哑口无言了。

针锋相对的回答使对方清楚地意识到：这个女人不简单。几个回合较量下来，吴仪坚强的个性和机敏的应对令对方刮目相看。美方团长由衷地称赞她说："你既是国家利益的维护者，又是坚忍的谈判者。"1992年1月17日，长达两年半的中美知识产权谈判终于有了结果，双方分别代表各自的国家在同一份文件上签了字。

　　了解吴仪的人只要一提起她就交口称赞，说她"很会修理美国人"。对此，吴仪深有感触地说："我一出国，爱国主义精神就尤为强烈。祖国在我心中特别神圣，我忠于我的祖国。"

　　　　在交流沟通中主动出击，这是决胜的关键。和棘手的人物打交道，很多时候强硬的态度比软弱更能捍卫自己的利益。吴仪的成功之处在于她面对美国的不友好时针锋相对，毫不退让，在较量中取得主动权，和美国站在同等的位置上协商，捍卫了祖国的利益。

用幽默化解交际中的尴尬

　　　　非常对不起，是我们管理不严，让这厮犯了自由主义的错误。我这就给您换一碗汤，行吗？

　　美国外交家、社会活动家富兰克林曾在法国的一所学院里聆听了一场十分精彩的法语演讲。演讲结束时，全场响起了热烈的掌声，他也跟着鼓掌。富兰克林不懂法语，就问别人刚才发言的人在讲些什么，别人笑着告诉他,刚才讲的是赞美他的话。富兰克林为自己的掌声而感到尴尬,于是他便对在场的人们说:"我给大家讲个笑话吧。"接着,他就把刚才的事说给大家听。全场爆发出一阵大笑,他也笑了。在友好的笑声里,富兰克林摆脱了尴尬。

英国王室为了招待印度当地居民的领袖,在伦敦举行了晚宴,身为皇太子的温莎公爵主持这次盛宴。宴会快结束时,侍者为每一位客人端来了洗手盘,印度客人看到那精巧的银制器皿误以为是喝的水,就端起来一饮而尽。作陪的英国贵族目瞪口呆。温莎公爵神色自若,一边与客人谈笑风生,一边也端起自己面前的洗手水像客人那样"自然而得体地"一饮而尽。接着,大家也纷纷仿效,本来要造成的难堪与尴尬顷刻释放,宴会取得了预期的成功。

某地召开了一次全国性的产品交易会,许多厂家纷纷在交易会上设立了本厂的广告牌。某厂的广告牌被一阵风刮倒,该厂女业务员甲随口喊了声"牌子倒了",坐在办公桌旁的厂长听了脸色顿时阴沉下来;旁边另一个女业务员乙接口道:"牌子响啦!"说着她走过去把牌子扶了起来,厂长脸色由阴转晴,他立即将甲痛斥一顿说:"以后再说不吉利的话,马上开除!"厂长另外又拿出一笔奖金奖励了业务员乙。幽默之力量,由此可见一斑。

大学生李飞为了勤工俭学,在一家餐馆当侍应生。一个双休日,来就餐的人特别多,正当李飞满脸微笑地将一对情侣安置在雅座时,先前进来就餐的一对中年夫妇满面怒色地冲他叫了一声:"服务员!"他快步走到这对中年夫妇面前问有何指教。戴眼睛的男士用手中的筷子指了指三鲜汤里漂着的一只苍蝇,冷冷地问道:"请问这东西在我的汤里干什么?"李飞弯下腰,仔细看了看,不禁头皮发麻,如针刺骨,心里暗自叫苦不迭:"是呀,你跑到汤里干吗啊?弄不好,我的工作就要泡汤了。"突然,他灵机一动,计上心来,毕恭毕敬地答道:"先生,它好像在游泳。""难道它不知道这里禁止游泳吗?"这位男士也颇具幽默感地反问道。"非常对不起,是我们管理不严,让这厮犯了自由主义的错误。我这就给您换一碗汤,行吗?"这对中年夫妇被李飞的幽默给逗乐了,主动地采取了谅解的态度。

(李子木)

严肃的生活需要幽默去调剂,幽默就像一场及时雨,缓和原本一触即发的紧张气氛,巧妙及时地化解交际中的尴尬,化不快为愉快,化冲突为笑声,并拉近心灵的距离,让相处更为融洽,人际交往更为美妙。

抽烟的"好处"

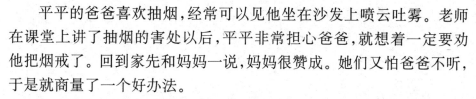

烟是会让人上瘾的慢性毒药,人是很难克服烟瘾的。如何让人戒烟,需要巧妙的沟通,并付出努力。

第七辑 应该懂得的沟通技巧

平平的爸爸喜欢抽烟,经常可以见他坐在沙发上喷云吐雾。老师在课堂上讲了抽烟的害处以后,平平非常担心爸爸,就想着一定要劝他把烟戒了。回到家先和妈妈一说,妈妈很赞成。她们又怕爸爸不听,于是就商量了一个好办法。

这天晚上刚吃完饭,爸爸就像往常一样,拿了份报纸,然后顺手抽出一支烟。正要点时,妈妈开口了:"抽烟有什么好?以后不能再抽了。""饭后一支烟,赛过活神仙。""不行,抽烟害处太大。"说完,妈妈就把烟夺了过去。

这时,平平说话了:"妈妈,你就让爸爸抽吧,我们老师今天说了,抽烟至少有三个'好处'的。"说完就把妈妈手里的烟拿了过来,递给了爸爸。

"你看平平多懂事,"爸爸非常高兴,一边点烟,一边问,"平平,抽烟有哪三大好处啊?"

"第一,小偷不敢到抽烟人的家里偷东西;第二,抽烟的人永远年轻;第三,抽烟可以增进家里人之间的感情。"

"好,"爸爸振奋地说,"你说说看,为什么有这三大好处?看你妈妈还要不要我戒烟。"

平平忍住笑,说道:"第一,抽烟损害健康,使抽烟的人每天咳嗽,晚上小偷以为他没睡着,所以不敢去偷。"

妈妈大笑,爸爸登时傻了眼,吞吞吐吐地问:"那……那第二呢?"

平平继续说:"第二,每抽一支烟要少活 5 分钟,抽烟的人寿命不长,当然也就永远年轻了;还有第三,抽烟把有毒的东西也传给了家里的人,家里人和他一起生病,这不就增进全家人的感情了吗?"

平平讲完后,妈妈已经笑弯了腰。爸爸沉默了几分钟,然后把烟一灭,说:"原来你们商量好要劝我戒烟呀?好了,我听你们的,以后再也不抽烟了。"

沟通悟语

烟是会让人上瘾的慢性毒药,人是很难克服烟瘾的。如何让人戒烟,需要巧妙的沟通,并付出努力。妈妈直接地叫爸爸不要吸烟,爸爸当然不会接受;平平则是用"欲抑先扬"的方式,吸引爸爸的兴趣耐心听取意见,让爸爸明白吸烟的危害,从而主动戒烟。

妙语解难

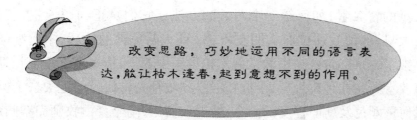

改变思路，巧妙地运用不同的语言表达，能让枯木逢春，起到意想不到的作用。

语言运用得当，其力量有时能抵得上千军万马，有时能胜过金钱的作用。解决同一个问题，语言运用得妥当与否，其效果截然不同。

一位叫罗伯特的先生，有一天对他的一个商人朋友抱怨说："我的雨伞在伦敦一所教堂被偷了。因为这雨伞是朋友送给我的礼物，所以我花了两倍的价钱登报寻找，可是还是没寻找回来。"

商人问他："你的广告词是怎么写的？"

罗伯特把广告词给商人看。

"上星期日傍晚于市教堂遗失黑色雨伞一把。如有仁人君子拾到，麻烦送到布罗得街 10 号，当以 10 先令酬谢。"

商人看完笑着说："广告词是很讲究学问的，你这样写很难有结果，咱们再换个写法试试。"

商人拿出纸笔，写道："上星期日傍晚，有几个人曾经在市教堂看见某人拿走雨伞一把。拿走者如果不想惹麻烦，请于明日 12 点前主动送回布罗得街 10 号为妙。此君是谁，人人皆知。"

这条广告当晚见报。第二天早晨，罗伯特与平常一样开门去晨练。当他打开门的时候，惊奇地发现门前横七竖八地放满了各式各样、五颜六色的雨伞。他好奇地数了一下共有 15 把。这下他反而犯难了，觉得自己受之有愧，传出去名声不好，而且那些和自己一样的失主也是很着急的。为此从早饭到午饭他都没胃口——这样下次做礼拜时如何面对"上帝"？下午他终于写了一条广告，赶到报社。广告词是这样的："今天早晨意外得到误还的雨伞 14 把，请失主明天 12 点前到布罗得街 10 号领走。"

广告当晚见报。从晚上 8 点到凌晨 2 点，他陆续接到 115 个电话声称明天要来领取失物。为此他彻夜难眠，想着明天如何面对真失主和大量的冒名者，如何想一个巧妙的办法让它真正物归原主。第二天一大早，他便找那位商人朋友救急。商人听完他的话后，拿出纸笔重新草拟了一条广告："在市教堂偶然拾得雨伞若干，请失主于下个礼拜日在市教堂做完礼拜祷告后，手握《圣经》到牧师处讲何时何地失去了何种样式何种颜色及新旧程度的雨伞，情况属实后，雨伞会由牧师完璧归赵。如果不想受到上帝的惩罚，就别再到布罗得街 10 号自讨没趣。"

广告加急于当日见报，罗伯特当日也闭门外出。果然在礼拜日做完礼拜后，恰好有 14 个男女手握《圣经》到牧师处向牧师就他们的雨伞特征娓娓道来。

巴黎的圣丁大教堂附近，每天游客穿梭。有一个盲人乞丐经常在此乞讨。他的面前有一张纸条。上面写道："我一出世就瞎了眼睛，烦请好心人多可怜关照。"纸条上摆着一顶破帽子，但很少有人往帽子里投钱。

一天，一位美国游人路过此，见此情景便与他的法国导游打赌："我能让乞丐帽子里装满钱。"法国朋友死也不信："这几年来我三天两头就带客人路过此地，每次都见他是这种穷样，你就能改变这种长期的状况？"

一天，这位美国游人将乞丐的帽子下的纸条拿起来，在反面写了几句话。纸条摆好没多久，帽子里的钱就盛满了，并越来越往外溢。

法国人觉得邪了门，不解地去看纸条上到底有什么魔力。只见上面写道："春天来了，各位到此欣赏美景，一定很快乐。但我却什么也看不见，因为我一出生就失去了光明。"

看完后，法国人也禁不住一改这几年熟视无睹的麻木状，向帽子里投了 5 法郎。

（萧　笙）

沟通主要表现在语言的运用上，同一个意思，换一个角度，换一个思考方式，换一种表达，就会产生令人难以置信的神奇效果。文中的几个例子，都只不过改变思路，巧妙地运用不同的语言表达，却能让枯木逢春，起到了意想不到的作用。

怎样说才好

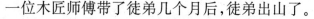

师傅的几句话化解了顾客的不满，温暖了徒弟的心。无论他说什么，关键在于他满足了他们的心理需要，梳理了人际关系。

第七辑 应该懂得的沟通技巧

一位木匠师傅带了徒弟几个月后，徒弟出山了。

第一个月，一个中年人抱怨椅子做得大了，徒弟无言以对，师傅忙解释："椅子大了，您不仅坐着舒服，放在客厅，也显得大方。"中年人听了高兴而去。

第二个月，来了个青年人，他瞧了瞧，说："这椅子是不是小了点儿？"徒弟无语，师傅微微一笑："这样一是替您节约成本，再者小而精致，可以起点缀作用。"青年满意地笑了。

第三个月，徒弟小心谨慎，吸取了前两次的经验，尽量将活做得无可挑剔。谁知农民来了埋怨做工时间太长，徒弟一脸无奈，师傅走过来说："为您，我们拿出了自己最好的技术，不过欲速则不达，慢工才能出细活,为了您满意,我们尽心尽力。"农民听罢,怒气全消,满意而归。

第四个月,徒弟小心谨慎的同时加快了速度。第四个客人是个商人,他感叹做工太快。师傅又一次兴奋地说:"我们不愿意浪费您的时间,对您来说,时间就是金钱,所以我们速战速决。"

第五个月,徒弟迷惑地问师傅:"您为什么处处为我辩解?"

师傅顿了顿道:"凡事都有两面性,就如同出门,如果向左走是一条死胡同,向右走也许是一条阳光大道。无论我说什么,都是为了顾客满意,更是为了鼓励你、激励你、教育你!"

从此以后,徒弟不仅钻研技术,使技术精益求精,为人处事更是游刃有余,生意蒸蒸日上!

师傅的几句话化解了顾客的不满,温暖了徒弟的心。无论他说什么,关键在于他满足了他们的心理需要,梳理了人际关系。无论我们在哪儿,无论对谁,尽量多给别人一些愉悦和满足,给周围的人制造一些宽松的环境,你就会有意想不到的收获。所以,如果向左走不通,请向右走!

沟通悟语

说话的艺术和事业的成败有很大的关系,如果你出言不慎,那么,你将不可能获得别人的青睐,从而影响到事业的成功。事业的成败,常会在一次谈话中获得效果。所以,如果想获得事业上的成功,可以先让自己具备良好的口才。

有口难辩就只能吃亏

> 其实人与人之间的沟通很多时候表现为语言的交流，能言善辩能达到更好的沟通效果。

剧院大厅。乐队演奏序曲。

约翰坐在第11排，他前面的女人带着高高的帽子，挡住了他的视线。女人戴帽子是很平常的事，但是此刻却让约翰很恼火，他本想忍住但终于还是开口了："对不起，女士！女士！"或许是她太投入了，或许是她知道对方要说什么，她不想回答，总之她没有反应，他只好更大声地说："对不起！"

这次，坐在10排的女士回过头："先生，请您稍微小声一点儿，还有人想听乐队的演奏呢！"

约翰："正叫您呢！"

10排的女士："干什么？我又不认识您。"

约翰："但是我坐在您的后面。"

10排的女士："那又怎么样？"

约翰："您戴着帽子。"

10排的女士："知道。"

约翰："您知道什么？"

10排的女士："我知道自己戴着帽子。"

约翰："高帽。"

10排的女士："现在没有人戴其他式样的。这个款式是最流行的。"

约翰："可能。但是,过一会儿我将什么也看不见。"

10排的女士："想看,就会看见的!"

约翰："可我一会儿就会什么也看不见了。女士,您能不能把帽子摘了?"

10排的女士："很遗憾,不能。"

约翰："为什么?"

10排的女士："我没梳头。"

约翰："那您梳梳好了。"

10排的女士："什么? 梳梳头? 现在正演出,叫我去找理发师?"

约翰："干吗要找理发师?"

10排的女士："我说的没梳头,不是指没用梳子梳,而是没去理发店。"

约翰："您没梳头,怪我干什么?"

10排的女士："我怪您了吗?"

约翰："可过一会儿我会什么也看不见。"

10排的女士："为什么? 就因为我没梳头?"

约翰："因为您不想摘掉帽子。"

10排的女士："我很想摘,但不能摘。"

约翰："为什么?"

10排的女士："因为我没有梳头。"

演出开始了。

约翰："女士,我可要忍受不了啦。买了票,却什么也看不见。"

10排的女士："那您去退票好了!"

约翰："就因为您不想摘掉这顶高帽子。"

10排的女士："现在,除了偏远地区的农民,谁还戴那种趴趴帽?"

约翰："那么,您能不能把头稍微偏一偏?"

这时,旁边的观众说话了:"谁在捣乱?"

"请安静! 台上说什么全听不见。什么也听不见了!"

"请安静! 你是第一次进剧院还是怎么的?"

约翰解释说:"这位女士戴着帽子……"

旁边的观众纷纷说:"你喝醉了,还是怎么的?"

"舞台上正说什么全听不见,就听你一直说什么帽子。"

"安静!"

"请你出去!"

约翰:"可是……"

10排的女士:"好了,好了!如果您保证,能够安静地坐着,还可以留下。"她朝周围的观众笑了笑:"请大家允许他留下吧!"

约翰嘴里说着:"谢谢您,女士!"他心里想的却是,自己没有看好演出,却得到了一些人生的经验。

　　戴帽子的女士遮住了约翰的视线,但是不善于辩解的约翰反而被女士推上尴尬的位置。其实人与人之间的沟通很多时候表现为语言的交流,能言善辩能达到更好的沟通效果。当你对别人的妨碍不满时,用巧妙的方式委婉地建议别人,或许能收到意想不到的效果。

不要告诉他你比他聪明

　　　　我发现自己有错时,没有什么难堪的场面;而我自己碰巧是对的时候,更能使对方不固执己见而赞同我。

用"我也许不对"、"我常常会弄错"、"我们来看看问题的所在"这

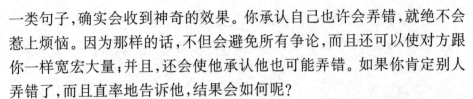

一类句子,确实会收到神奇的效果。你承认自己也许会弄错,就绝不会惹上烦恼。因为那样的话,不但会避免所有争论,而且还可以使对方跟你一样宽宏大量;并且,还会使他承认他也可能弄错。如果你肯定别人弄错了,而且直率地告诉他,结果会如何呢?

有一次,彼得请一位室内设计师为他置办一些窗帘。等账单送来,他大吃一惊。过了几天,一位朋友来看彼得,看到那些窗帘,问起价钱,朋友面有怒色地说:"什么? 太过分了,我看他占了你的便宜。"

真的吗? 不错,朋友说的是实话。可是很少有人肯听别人羞辱自己判断力的实话。身为一个凡人,彼得开始为自己辩护。他说贵的东西终究有贵的价值,你不可能以便宜的价钱买到质量高而又有艺术品味的东西,等等。

第二天,另一位朋友也来拜访。他开始赞扬那些窗帘,表现得很热心,说她希望家里购买得起那些精美的窗帘。彼得的反应完全不一样了。"说句老实话,"他说,"我自己也负担不起,我所付的价钱太高了。我后悔订了这些。"

当我们错的时候,也许会对自己承认;而如果对方处理得很适合,而且和善可亲,我们也会对别人承认,甚至以自己的坦白直率而自豪。但如果有人想把难以下咽的事实硬塞进我们的食道,你想,我们的感觉将会如何? 表现得聪明未必是件好事。

如果你想知道一些有关处理人际关系、控制自己、完善品德的有益建议,不妨看看本杰明·富兰克林的自传——它是最引人入胜的传记之一,也是美国的一本名著。

在这本自传中,富兰克林叙述了他如何克服好辩的毛病,不在任何时候都表现得比别人聪明,使自己成为美国历史上最能干、最和善、最老练的外交家。

当富兰克林还是个毛躁的年轻人时,有一天,一位教会的老朋友把他叫到一旁,尖刻地训斥了他一顿:"本,你真是无药可救。你已经打击了每一位和你意见不同的人。你的意见变得太珍贵了,没有人承受得起。你的朋友发觉,如果你在场,他们会很不自在。你知道的太多了,没有人再能教你什么,也没有人打算告诉你些什么,因为那样会吃力不讨好的,而且又弄得不愉快。因此,你不能再吸收新知识了,但你的旧知识又很有限。"

富兰克林的优点之一，就是他接受了那次教训。他已经能成熟、明智地领悟到他的确是那样，也发觉他正面临失败和社交悲剧的命运。他立刻改掉了傲慢、粗野的习惯。

"我立下一条规矩，"富兰克林说，"决不准自己太武断。我甚至不准自己在文字或语言上有太肯定的意见表达，比如，'当然'、'无疑'等等，而改用'我想'、'我假设'、'我想象一件事该这样或那样'或'目前，我看来是如此'。当别人陈述一件事而我不以为然时，我决不立刻驳斥他或立即指正他的错误。我会在回答的时候，表示在某些条件和情况下，他的意见没有错，但在目前这件事上，看来好像稍有两样等。我很快就领会到我这种改变态度的收获：凡是我参与的谈话，气氛都融洽得多了。我以谦虚的态度来表达自己的意见，不但容易被接受，更减少了一些冲突。我发现自己有错时，没有什么难堪的场面；而我自己碰巧是对的时候，更能使对方不固执己见而赞同我。"

"我最初采用这种方法时，确实和我的本性相冲突，但久而久之就逐渐习惯了。也许50年来，没有人听我讲过些什么太武断的话，这是我提交新法案或修改旧条文能得到同胞的重视，而且在成为民众协会的一员后具有相当影响力的重要原因。我不善辞令，更谈不上雄辩，遣词用句也很迟疑，还会说错话，但一般说来，我的意见还是能得到广泛的支持。"

如果把富兰克林的方法用在经商上呢？我们再看一个例子。

纽约自由街14号的麦哈尼，专门经销石油所使用的特殊工具。一次他接受了长岛一位重要主顾的一批订单，图纸呈上去，得到了批准，便开始制造了。然而，一件不幸的事情发生了：那位买主同朋友们谈起这件事，他们都警告他，他犯了一个大错，他被骗了。一切都错了，太宽了，太短了，太这个，太那个，他的朋友把他说得发火了。于是，他打了一个电话给麦哈尼先生，发誓不接受已经在制造的那一批器材。

"我仔细查验过了，确实我方无误。"麦哈尼先生事后说，"我知道他和他的朋友们都不知所云，可是，我觉得，如果这样告诉他，将很危险。我到了长岛。当我走进他的办公室，他立刻跳起来，一个箭步朝我冲过来，话说得很快；他显得很激动，一面说一面挥舞着拳头，竭力指责我和我的器材,而我却耐心地听着。结束的时候,他说:'好吧,你现在要怎么办?'我心平气和地告诉他,我愿意照他的任何意见办。我说:'你是花钱买东西的人,当然应该得到适合你用的东西。可是总得有人负责才行啊!如果你认为自己是对的,请给我一张制造图纸,虽然我们已经花了2000元钱,但我们可以不提这笔钱。为了使您满意,我们宁可牺牲2000元钱。但我得先提醒你,如果我们照你坚持的做法,你必须负起这个责任。但如果你放手让我们照原定的计划进行,我相信,原计划是对的,我们可以保证负责。'"

他这时平静下来了,最后说:"好吧。照原计划进行,但若是错了,上天保佑你吧。"

最终的结果证明,我们的产品非常好。于是他答应我,本季度还要向我们订两批相似的货。

"当那位主顾侮辱我,在我面前挥舞拳头,而且还说我是外行的时候,我要维护自己而又不同他争论,真需要有高度的自制力。的确,我们常常需要极度的自制,但结果很值得。要是我说他错了,开始争辩起来,很可能要打一场官司,感情破裂,损失一笔钱,失去一位重要的主顾。所以,我深信,用这种方法来指出别人错了,是划不来的。"

如果不注意自己的表达方式,即便有建设性的提议也可能被当成是自以为是。一个蔑视的眼神,一种不满的腔调,一个不耐烦的手势,都有可能带来难堪的后果。在与人沟通时懂得照顾别人的感受,才能让沟通有更好的效果。

亲子沟通，不应该是无言的

让小学生学会与人沟通的 100 个故事

　　为什么有时孩子的心事宁愿和朋友或者老师分享都不愿意和家长分享？为什么家长有时会抱怨自己为孩子付出那么多，孩子却丝毫没有觉察？有人说，世界上最遥远的距离不是生与死，而是我站在你面前，你却不知道我爱你。

　　或许我们不是不懂得爱，而是不懂得怎样去表达爱。父母与子女亲密无间的沟通，更多的是一种态度，而不是技巧。主动说出自己的感受，相互理解，相互包容，在沟通中你会发现包围在你身边的爱。

给妈妈做美容

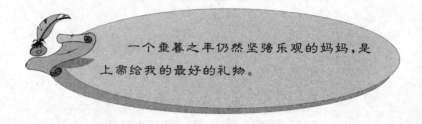

一个垂暮之年仍然坚强乐观的妈妈，是上帝给我的最好的礼物。

妈妈洗过头发，坐到梳妆台前的椅子上，我开始给她做发型。

她对着镜子仔细端详了一番，就像第一次看到自己的容貌，她说："差点儿认不出镜子里的人了，看起来就像刚满 18 岁。"她比 18 岁要稍稍大上一点儿，今年 91 岁。

去年，妈妈搬来和我们一起住。她身体很健康，头脑也很清楚，不像大多数同龄的老人那样离不开人，但我们还是经常帮助她照顾她，让她过上了"衣来伸手、饭来张口"的生活。

我把发胶挤到手上，一边给她按摩头皮，一边把发胶涂满她湿漉漉的银发。

妈妈闭上眼睛，喉咙里发出咕噜咕噜的声音。她说："感觉像一只小猫，睡在火炉边上。"她假装睡着了，直到我按摩完，才打了一个呼噜，"醒"了。我们相视而笑。

我给她吹干头发的时候，她又谈起她年轻的时候，每天睡觉前怎样给母亲梳头，怎样把母亲漆黑的长发编成辫子。现在生活转了一个圈。

我经常在早晨给妈妈做美容，每周做好几次。我们把这当成一种游戏。她一进门，我先给她倒上一杯咖啡，说："欢迎您来到玫琳凯美容院！"玫琳凯是面部保养品的一个品牌。有一次，她像是被这句话弄糊涂了，满脸疑惑的表情，然后又大笑起来。"我以为你说的是'欢迎来到美少女美容院'"，顿了一下，她又说，"抱歉，我来得有点儿晚。"我被逗得哈哈大笑。

"你的服务真周到。"她说。

再周到的服务，她都受之无愧。我还记得妈妈含辛茹苦抚养我们长大的情景。我十几岁时，她找了一份给别人熨衣服的工作。直到现在，我还清楚地记得电熨斗在衣服上滑动时发出的嘶嘶的声音、浆衣服时淀粉浆的气味，还有摸到妈妈手上厚厚的老茧时那种粗糙的感觉。我读高中时，爸爸患了癌症，妈妈独自挑起了家庭的重担。她在城里给人看门，晚上还要帮人打扫办公室。她每天乘公交车上下班，半夜才筋疲力尽地回到家中。妈妈在一生中经历了一次经济大萧条、两次世界大战，在最艰难的日子里，她用自己柔弱的双肩给我们撑起了一片天空，她理应得到一些娇惯。

"感觉像是贵妇人，就像范德比夫人（范德比是美国运输业巨头）。"她说。我小时候，妈妈哪有钱做发型啊。

"嗯。范德比夫人，您真漂亮。不瞒您说，您越来越漂亮了。"我告诉她。

"亲爱的，这么说可就坏了。"她说。

"此话怎讲啊？"

"这说明你年纪越来越大，眼睛开始花了！"说这句话时，她一本正经，显得更滑稽了。

我用梳子把她的头发弄蓬松，头发做完了。"范德比夫人，您还需要其他服务吗？"

她顽皮地眨了眨眼："我想要——范德比先生！"

又听到了妈妈爽朗的笑声，我的心中充满了温暖。一个垂暮之年仍然坚强乐观的妈妈，是上帝给我的最好的礼物：在妈妈生命的尾声，能让她享受天伦之乐，远离孤独与痛苦，是我最快乐的事。

（[美]玛丽·皮尔斯　陆凌寒/译）

　　母亲为了孩子的成长吃了很多苦，青春也在为生活奔波的过程中流逝，孩子再多的回报恐怕也无法报答那一份山高水深的恩情。为母亲梳头发，做美容，按摩，谈心……这些细节里洋溢着的是浓浓的亲情，是爱的沟通。

给爸爸打个电话

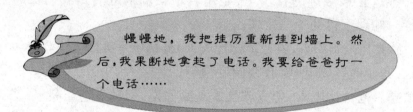

　　慢慢地，我把挂历重新挂到墙上。然后，我果断地拿起了电话。我要给爸爸打一个电话……

　　我是一家康复中心的义工。就是在这里，我遇到了他——雷，一个看上去是世界上最孤独的老人。记得那天是我第一次到康复中心接受岗前培训的日子。

　　当时，我正走上楼梯，而他则正在我要去的那层楼的走廊里。当我从他的身边经过走到玻璃门前的时候，他连忙摇着轮椅来到门前，身体尽力向前倾，伸出手抓住门的把手。接着，他以一种优雅得像绅士一样的动作打开了门，然后，笑眯眯地看着我，用一种迷人的南方冗长的语调自我介绍道："你好，我叫雷。"

　　我微笑地看着他，向他表示谢意，同时也介绍自己道："我叫莱兰妮，是这儿新来的志愿者。"说这话的时候，我注意到他那隐藏在厚厚的眼镜片后面的眼睛内闪烁着明亮的光。

"哦,那——我就叫你'巴布'吧!"他笑着说,"在我的家乡,这个称呼是人们对家里最小的孩子的爱称。"

雷的温柔、宽厚和坦诚,深深地触动了我。他一点儿也不像我那个脾气粗暴、冷漠生硬的父亲。

此后,每当星期三我来康复中心接受培训的时候,雷都会在楼梯的顶端等着我并且殷勤地为我打开门。培训结束后,虽然康复中心分配给我的病人没有雷,但我还是经常利用业余时间去看望他。

每次见到我的时候,雷都会热情地问候我:"嗨,你好,巴布!"随着我们见面次数的增多,逐渐地,我们彼此都有了些了解。我了解到他也有家人,有孩子,然而,我却从没有看见过有任何人来看望过雷。也许是他的家人住得太远,不能经常来看望他吧,我想。

每个星期,我们都会聚在一起,度过一段彼此都难忘的时光。我经常给雷带去一些东西,比如维生素 C,因为我曾经在一本书上看过,维生素 C 对哮喘病人有一定的疗效,而雷患有哮喘病。有时我也给他带去一些其他的小礼物,诸如一块柔软的、浅色的浴巾或者毛巾等。他则教我玩多米诺骨牌游戏,并把他的甜食留下来给我吃……这些看似细小却充满了爱心的举动以及我们之间那无拘无束的、真诚的交流,使得我们俩的忘年之谊越来越深厚。

直到有一天,一位管理人员注意到雷在走廊里向离开康复中心的我挥手告别并且一直目送着我远去时,不禁感慨万千地对我说:"瞧,你父亲多爱你呀!"

刹那间,我只觉得心头一酸,喉咙哽咽了,泪水在眼中打着转。我情不自禁,快步冲向我的汽车。

我那永远都忙忙碌碌、永远都疲惫不堪的父亲从来都不会陪我玩多米诺骨牌游戏,也不会给我留甜食的!在过往的这些岁月里,大多数的时候我都尽量不去想他,因为一想起他,我就心痛。但是现在,这位管理人员的话却又使我想起了那些令人心痛的往事。

我又想起了我结婚那天,他在结婚典礼上对我所做的事——那是他给我的最后的、也是最令我尴尬的、最令我难忘的伤害。当时,乐队开始演奏起华尔兹舞曲,主持人走到麦克风前,宣布道:"下面请新娘和她的父亲共舞一曲!"

在场的每个人满怀期待地看着我们。然而,此刻,我的父亲说:"不!"并转过身,头也不回地离开了大厅,留下我一个人独自站在舞池中央。

就在那天,就在父亲头也不回地转身离开我的时候,我对他的多年来一直积压在心头的怨忿终于爆发了;我恨他从来不参加学校组织的要求家长参加的重要活动;我恨他曾经多次威胁说要卸下工作的重担,抛弃母亲和我。我毅然决然地离开了他,从那以后,我就再也没有理过父亲。

那件事已经过去了5年。在这5年中,偶尔,我也曾设法来修补我和父亲之间的裂痕,缓和一下和他的关系。但是,试了几次都没有结果,也就作罢。

一天,我开车来到康复中心,而雷却没有像以往那样在走廊上等我。我连忙跑到他的房间,里面空空如也。雷的轮椅不在,那干净整洁的床上也没有他的身影。

"请问,雷先生到哪里去了?"我迫不及待地跑到护士值班室问道。

"昨天晚上,他们把他送到医院去了。他的哮喘病突然严重了。"

我找到了那家医院,跌跌撞撞地来到了雷的病房门口。病房里,雷静静地躺在床上,没有穿睡衣,身上接着许多管子。他看起来很热,很不舒服。这时,他转过头,看见了我,"巴布,巴布。我知道你会找到我的!"

"哦,雷,我去了康复中心,而你却不在那儿,我真是害怕极了!"我呜咽道。

"到这儿来,巴布。没事的,别担心,我一切都好!"我来到他的床前,坐在床上,把头放在他宽厚的胸膛上。他尽力伸出胳膊,环绕着我的背。

"巴布,你能来看我,我真高兴。我很好,没事的。"他轻轻地说。听着他说话,我的心情也逐渐地平静下来。

第二天一大早,我正在吃早餐,突然,电话铃响了。我连忙拿起话筒。原来是给我们上培训课的莎伦老师打来的！不知什么原因，我突然紧张起来，不禁握紧了话筒，身体斜靠向墙壁，竟把挂历也碰了下来。

"莱兰妮，你知道吗，通常，我们是不给志愿者打电话的，但是我不想让你在报纸上读到这个消息……我知道你和雷先生很亲密。"莎伦轻声地说，"我很难过地告诉你，雷先生昨天晚上已经去世了。"

挂上电话以后，我心情沉重地向外走去。在路边的一个报摊上，我买了一份报纸，连忙翻到讣告栏，雷的名字果然在上面。但是，突然之间，我却感到一股怒火从悲伤中汹涌而来。雷是有妻子和孩子的，而且他一共有12个孩子——6个儿子和6个女儿——他们中间只有两个人是住在外地的，其余的全都住在本地！可是，我却是最后一个和他在一起的人，最后一个给他安慰的人。

我立刻折回家，打电话给莎伦。"莎伦老师，请您告诉我，这究竟是为什么。"我有些情不自禁。

莎伦没有立即回答我。过了好一会儿，她才说："听我说，莱兰妮，我想我应该告诉你一些事情。"莎伦顿了顿，继续说："雷先生过去是个酒鬼。他经常打骂他的妻子和孩子。当他搬到这儿来住的时候，他的家人们对他已经伤透了心，再也不想见到他了。"

莎伦所说的这个酒鬼怎么可能会是那个叫我"巴布"的慈祥的老人呢？

"莱兰妮，我理解你此刻的心情。但是，我对你所说的都是事实，"莎伦郑重地向我解释，"当初，他刚来到这里时，曾经对我说过他的很多事情。那时候，他已经能够勇敢地面对许多令人不愉快的事情了。他说他之所以像一个小孩一样沾染上酗酒的恶习，其中一个原因就是：他认为酒能帮助他排忧解愁。但是，结果酒反而使他更加苦闷，更加忧愁。然后，他就借着酒的作用，把一腔的不快和怒气全发泄在他至爱的家人身上。他一次又一次地乞求上帝的宽恕。但一切都太迟了。他们再也不想和他生活在一起了。"

"雷先生一直把你当做女儿。他说你给了他一个感觉获得原谅的机会，就像是基督所做的那样。我想，你该是上帝派来安慰这个一生中除了后悔、遗憾之外，什么也没有了的孤独、悲哀的老人的吧。"

我们互道再见之后，我静静地立在那里，心情十分沉重，思绪万千。雷和他的孩子们关系淡漠，彼此的心灵疏远，就像我父亲和我一样。父母和孩子之间究竟是怎么回事？为什么最容易被破坏的关系，总是存在于那些有着最密切关系的人之间——那些有着血缘关系的亲骨肉们之间呢？

良久，我弯下腰捡起掉在地上的挂历。挂历正好翻到6月，上面是一幅一个小女孩和他的父亲一起去钓鱼的照片。很多年以前我父亲也曾经带着我一起去钓过鱼。那真是一个美好的回忆，是我珍藏在所有暗淡的、悲伤的回忆下面的一颗耀眼的珍珠。

其实，早在父亲很小的时候，我奶奶就去世了，父亲的童年是和爷爷一起在农田里干活度过的。他没上过高中，也没有什么技能，为了养活妈妈和我，他一直在干他厌恶的工作——诸如倒垃圾、在酒吧打杂，等等。最后，他终于有了自己的事业。为此，他常常废寝忘食、不知疲倦地工作。当我问他为什么天天都要这么拼命地工作时，他总是说："我不想让你长大以后像我一样。"

当我在记忆的河中徘徊的时候，我想起了最后的那件发生在我结婚典礼上的曾经让我痛苦不堪的往事。这时，我忽然记起了有人曾经为父亲所做过的解释：以前爸爸从没有穿过礼服，那天是他第一次穿礼服，他感到非常地不自在；而且，他根本就不知道该怎样跳舞。可是当时，我却只觉得自己受了莫大的委屈，受到了莫大的伤害，只顾着自己生气，而没有听进去，更没有仔细地为父亲想一想。

慢慢地，我把挂历重新挂到墙上。然后，我果断地拿起了电话。我要给爸爸打一个电话……

([美]莱兰妮·契普利 雪泥鸿爪/译)

沟通悟语

不善言辞的父亲从来没有表达过他对女儿的爱，而女儿也因为一些不愉快的琐事而忽略了父亲爱她的细节，父女之间就是因为缺乏足够的沟通而变得生疏，彼此难以理解。当女儿从雷身上发现了父亲的影子，才发现自己从来没有站在父亲的角度为他着想。给爸爸打个电话,是用心沟通互相理解的开始。

金钱无法置换亲情

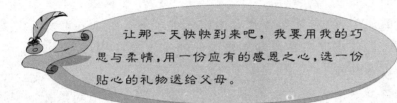

让那一天快快到来吧，我要用我的巧思与柔情，用一份应有的感恩之心，选一份贴心的礼物送给父母。

那天清晨,我坐公交车上班。邻座是一个年轻的少妇,握着手机与人开心地说着。

她说昨天是她的生日,晚上,她上幼儿园的儿子把老师发的饭后水果——一个又红又大的苹果带回了家,送给她做生日礼物。

"虽然只是一个苹果,但你不知道我当时有多高兴。难为他那么小的孩子,竟然会记得我的生日。我真是太意外太高兴太感动了。"少妇对着电话动情地诉说着,唇角挂着心满意足的微笑。

我的心蓦然一动,这样的表情与言语仿佛似曾相识,一幕记忆的画面,刹那间在我脑海中色彩鲜明地生动起来……

那时我才上小学,有一天爸爸翻看日历时,不觉"嘿"了一声,接着自言自语地说:"我的生日怎么和三八妇女节撞上了!"我听了心里不觉一动:这可不是一件容易的事,爸爸的生日和妈妈的节日撞在了一起,要是能在他们过生日和节日送给他们一点儿礼物该有多好啊!

我和妹妹过年时都得到过1元压岁钱。我就去问她,把钱合起来,买一份生日礼物、一份节日礼物送给爸爸妈妈好不好?

她的钱是留着"六一"时给自己买扎辫子的蝴蝶结的,听我一说竟很痛快地答应下来。那时候每个家长一个月赚不到50元的工资,小孩子手里有两元钱可是笔巨款了。

三八节那天我们的学校放了半天假。我和妹妹捏着两元钱在商店里逛了一圈又一圈,我们经过再三比较,反复考虑,最后买了一斤蛋糕和四个鸭梨。我们是这样打算的:爸爸过生日就送他蛋糕;妈妈爱吃水果,就送她鸭梨最好了。

我和妹妹拎着两份礼物往家走,临近家门时,突然又都胆怯起来。妈妈平时对我们俩管教得挺严,尤其是不允许乱花钱。一年到头能得到的就是压岁钱,其他用钱都要由妈妈说了算。妈妈过日子精细得恨不得1分钱掰成两半花。我们拿两元钱买了这些当零食吃的玩意儿,该不会挨骂吧?

怀着忐忑不安的心情走进了家门,我们嗫嚅地把两份礼物交给了爸爸和妈妈。他们听了半天才听明白我们的意思,起初他们有些发怔,然后慢慢回过神来了,那一刻,我看见他们的脸上绽放出了又惊又喜的笑容,那种出乎意料而又喜不自禁的神情是我从来未曾见过的。然后他们几乎同时伸出手把我和妹妹一人一个地搂在了怀里。

我和妹妹给爸妈买礼物的事还像风一样被妈妈传出去,引来了四邻八舍对我们的称赞,那些大娘婶子们羡慕得不得了。爸爸妈妈在他们赞叹的眼光中,乐得嘴都合不拢。

时间像流水一般逝去。如今父母过生日或节日,我和妹妹都不再去为他们选购礼物了,而是直接给钱,告诉他们喜欢什么自己去买。

百元大钞拿在手里感觉很实惠,我们对父母的报答和感恩表面上看似乎被提升了一步——我们一直就是这么认为的,可今天这种良好的感觉却被眼前的这位少妇彻底打碎了。随着童稚已过,心里的纯真也所剩无几,渐渐地把钱看得很重,我们忘记了有一种东西是多少钱也买不来的,就像那位少妇脸上的欣喜和满足,还有灿烂而幸福的笑容。她令我自责,我暗暗问自己:"是什么时候开始习惯用金钱做亲情的等价物的?有多少年没看到当年用两元钱买礼物给父母时,他们脸上那种和这少妇一样的幸福洋溢的神情了?"

这让我心里产生一个迫切的期盼：让那一天快快到来吧，我要用我的巧思与柔情，用一份应有的感恩之心，选一份贴心的礼物送给父母。我是多么迫切地想要再次看到他们脸上曾经有过的幸福和满足啊！

（蓝　月）

沟通悟语

　　有很多东西是无法用金钱衡量的，比起百元大钞，那孩子用心选购的两块钱的礼物更能让父母开心满怀，因为礼物里面有孩子的心意。不要再以为献上足够的钱给父母就是孝顺了，要站在他们的角度，聆听他们的需要，互相谈心沟通，哪怕是一个电话，一声叮咛，也是无比的温暖。

枕头底下的信

> 在我睡着之前，我为我的妈妈知道什么是我——一个十几岁的、叛逆的孩子所需要的理解而心存感激。

　　那一年，我 13 岁。我的家庭在一年前从北佛罗里达搬到南加利福尼亚。那时候，我是以一种报复的心理对待青春期的。我的性格很暴躁很反叛，对父母所说的每一件事都持一种逆反的态度，一点儿也不尊重他们，尤其是当我不得不照他们的意思去做的时候。像其他许多十几岁的青少年一样，我挣扎着奋斗着，极力摆脱那些与我理想中的世

157

界有冲突的事情。我认为自己是个"无需指点的才华横溢的才子",拒绝任何爱的关怀。实际上,仅仅提到"爱"这个字也让我感到很愤怒。

一天晚上,在经历了一个特别难熬的白天之后,我怒气冲冲地跑回房间,狠狠地摔上房门,倒在床上。当我的手指滑到枕头下面,那儿有一个信封。我把它拉出来,看到信封上写着:"当你孤独的时候,读一读它。"

既然我是独自一人,那么反正不会有人知道我是否读过它,于是我就打开它。只见上面写着:

迈克,我知道你的生活现在很艰难,我知道你很失落,我知道我们做的事都不合你的心意。我也知道我全心全意地爱你,不管你做什么或者说什么,都不会改变这一点。如果你需要和人交谈,我会随时奉陪;如果你不想,也没关系。我只是希望你能知道,不管你去哪里,不管你做什么,在你的一生中,我永远爱你,永远以你是我的儿子而感到骄傲。我会永远站在你的背后支持你,我会永远爱你,这一点永远不会改变。

爱你的妈妈

那是第一批"当你孤独的时候读一读"的信中的一封。在我成年之前,他们从没有在我面前提起过这些信。

成年后,我曾经在佛罗里达州的萨拉索塔主持过一个课堂讨论会。那天快结束的时候,一位女士走到我身边,把她和儿子之间的隔阂告诉了我。我们一起来到沙滩上,我把我的妈妈对我的永恒的爱,以及她那些"当你孤独的时候读一读"的信的事情告诉了她。几个星期后,我收到她寄来的一张卡片,上面说她已经给儿子写了第一封信,儿子很感动。

那天晚上,当我上床睡觉的时候,我把手伸到我的枕头底下,回味以前每次摸到信的时候所感到的安慰。

在我十七八岁的时候,我知道我之所以被爱不是因为我很杰出,而是因为我是妈妈的儿子!那些信就是最可靠的保证。在我睡着之前,我为我的妈妈知道什么是我——一个十几岁的、叛逆的孩子所需要的理解而心存感激。

不论生命之海遭遇什么样的风暴,我知道在我的枕头底下有世上最坚固、最持久、最无条件的爱,它是我改变命运的可靠保证。

([美]迈克·斯图沃尔)

　　文中的妈妈通过写信的方式来和叛逆的孩子沟通,信里表达的不仅仅是一位母亲爱孩子的心,更是一份理解和尊重,让孩子在感动之余又保留了强烈的自尊心,无论处于如何绝望的境地都能感受到被关爱的温暖。

提醒"劣等生"

　　　自己做错的事情想想怎么承担,自己的未来怎么面对。母亲寥寥数句,却像警钟在孩子心里长鸣,让孩子羞愧于自己的行为,在自省中改变错误。

　　日本东京的府立四中是一所名牌中学,以狠抓智育而出名。

　　有一个孩子,他在府立四中上学的时候,曾经作为后进生被分到"劣等生组"。这里全部是被学校认为不可救药的孩子,他们不爱学习,成绩很糟糕,经常结伙去干一些不好的事。他们抽烟喝酒,有许多不良的习惯。他们对学校十分不满,整天想着如何在学校里造反。

　　有一天,这个孩子和"劣等生组"的几个同学,进行了一起"破坏学校"的事件：他们在军训课之后，用军训的步枪当棍棒，把学校里一间进行礼节教学的教室，从拉门到玻璃全部毁坏。现在看上去，教室的样子非常狼狈可怕。

这件事闹得非常大，当这个孩子冷静下来后，感到自己闯下了大祸，他做好了退学的思想准备。

当他垂头丧气地走回家，坐在母亲面前，硬着头皮等着挨骂的时候，母亲却没有骂他。

母亲说："已经做了错事，再后悔也没有用。对这件事，你可能有自己的想法，我不想再说什么了。只是，恐怕你不能再上学了，今后怎么办？你要好好想一想。"

出乎他的意料，母亲没有指责他，只是说了这样一句话。但这句话却比任何严厉的训斥都更能打动这个孩子，他流下了悔恨的泪水。当晚，他在日记里写道："今后无论怎样，决不再做让母亲为难的事情。"

后来，这个孩子用心读书，不再在学校胡闹，终于成为日本杰出的教育家，他就是多湖辉。

沟通悟语

长篇大论的说教只会震慑孩子一时的行为，过后孩子又会故态复萌。母亲的智慧在于她没有指责，只是提醒孩子：自己做错的事情想想怎么承担，自己的未来怎么面对。母亲寥寥数句，却像警钟在孩子心里长鸣，让孩子羞愧于自己的行为，在自省中改变错误。